Das finstere Bild

Fantastische Erzählungen

Für meine Freundin Angela, die es schaffte, mich aus meinem Schneckenhaus zu locken, mich mit den Hobbits durch Mittelerde zog, durch die unendlichen Weiten des Weltraums begleitete, mir meine sarkastischen Bemerkungen zu romantischen Filmszenen verzieh, mich immer großzügig mit dem leckeren italienischen Eis ihres Vaters versorgte und mich einfach immer so akzeptiert, wie ich bin.

Andrea Neidhardt

Das finstere Bild

Fantastische Erzählungen

Bibliografische Information der Deutschen Nationalbibliothek: Die Deutsche Nationalbibliothek verzeichnet diese Publikation in der Deutschen Nationalbibliografie; detaillierte bibliografische Daten sind im Internet über *http://dnb.dnb.de* abrufbar.

© 2017 Andrea Neidhardt
Illustration/Grafik: Inge Horn; Andrea Neidhardt
Coverdesign: Ulrike Klaus, www.delightdesign-komm.de
Redaktion: Sabine Dreyer, www.tat-worte.de
Herstellung und Verlag: BoD; Books on Demand, Norderstedt
ISBN: 978-3-7431-8115-1

Inhalt

Anstelle eines Vorworts: Papier und Füller	7
Der undurchsichtige Weggefährte	9
Der Stein in der alten Stadt	13
Die Wolfsbiege	15
Der Rote	23
Ein Schritt in die Zukunft	27
Die Baumnymphe und der Wolf	29
Der Kummertschock	34
Freya Sposob und der Kater von Haus Nr. 13	36
Die Eule und das Nilpferd	44
Das finstere Bild	48
Verpasste Chance	57
Der Geist der Wohnung	59
Die Beobachterin	64
Schmetterling und Wespe	67
Eisrose	69
Der kleine Stern	72
Eine neue Zeit	74
Der Einsame	77
Darena und der Harfendrache	79
Ein neuer Morgen	84
Adler und Moskito	86
Der vergessene Hut	88
Der unerwartete Brief	90
Das Vogelmädchen	93
Eine erschütternde Initiation	97
Stein in die Vergangenheit	101
Die Zauberflöte	103
Der Spiegel	106
Der Kleinwagen und die Limousine	109
Das Märchen von Hitze und Hunger	113
Andrea und das Eichhörnchen	115
Ramaela – Engel mit Laute	119

Weißflecks Gesang	122
Die Schalong	126
Lokis Fuchskinder	133
Dino-Zeit im Glemstal	136
Auszeit der Heilsteine	140
Kicher-Trabant	143
Rastas Freiflug	146
Der verlassene Socken	150
Das gelbe Licht	153
Nareda in der Stadt der Blauen Seelen	156
Lichttiere	165
Halloween	168
Traumflug	171
Der Paradiesvogel und die Katze	173
LEO-NA Selbst	176
Lichtspiel	180
Bruchbude mit Schrank	184
Der Geschichtenerzähler	188
Nachwort und Dank	193
Buch und Autorin	195

Anstelle eines Vorworts: Papier und Füller

»Wo ist sie hingegangen?«, flüstert es raschelnd.

»Ich weiß es auch nicht«, kratzt es etwas trocken.

Eine nachdenklich verlassene Stille tritt ein.

»Ob wir etwas falsch gemacht haben?«, meldet sich die erste Stimme wieder mit ängstlichem Unterton. »Vielleicht kommt sie dann gar nicht mehr.«

»Das glaube ich nicht«, kratzt es entschlossen. »Sie hat eben viel anderes zu tun. Orte, wo sie hingehen muss. Und irgendwo muss sie ja auch die Ideen finden, bevor sie zu uns zurückkommt.«

»Soo?« Das Rascheln klingt etwas munterer. »Aber sie muss doch auch wissen, wie langweilig es ist, wenn sie weg ist. Was sollen wir denn ohne sie tun?«

»Na, du sorgst dafür, dass du schön sauber bleibst, und ich sorge dafür, dass ich nicht zu trocken werde. Und wenn sie dann wiederkommt – von wo auch immer –, dann wird sie mich ergreifen, energisch meine Kappe abnehmen, dich aufschlagen und uns zusammenbringen. Ich werde wilde Figuren auf dich zaubern, du wirst ganz ausgebreitet sein vor Lachen, und wir geben ihren Ideen Platz und Gestalt, wie wir es immer getan haben und immer tun werden. Sie wird immer zu uns zurückkommen, glaube mir!«

»Denkst du, sie hat manchmal auch solche Angst wie wir, Angst, wir könnten weggehen und nicht zu ihr zurückkommen?«

»Ach was, du bist doch nur ein leeres Stück Papier und ich auch nur einer unter vielen. Wir sind ersetzbar. Warum sollte sie Angst haben, dass wir weggehen? Sie würde einfach anderes Papier und einen neuen Füller kaufen. Sie würde uns nur kurz vermissen und schnell ersetzen.«

Oh, da irrt ihr, meine Freunde. Ein Füller, der gut in der Hand liegt und flüssig über verführerisch unschuldiges Papier fließt, ist nicht leicht zu finden. Ich habe mich an dein Gefühl in meiner Hand gewöhnt und auch an die blauen Flecken, die dein Überschwang gelegentlich auf der Haut meiner Finger hinterlässt. Und ja, es gibt viel Papier auf dieser Welt. Doch nichts lässt sich mit der Spannung vergleichen, die ein noch unbenutztes, schön gebundenes Notizbuch hervorruft, das schon eine Weile darauf wartet, eingeweiht zu werden. Sind die ersten Seiten gefüllt, so möchte ich dich nicht missen, denn es wäre, als sei ein Teil von mir verloren, wenn du weg wärst. Egal wie groß, klein, dumm oder klug die Gedanken sind, die ich dir anvertraue, sie sind ein Teil von mir, und mit dir ginge mir auch ein Teil meiner selbst verloren. Zu dritt bilden wir eine Einheit. Bewegte Einheit. Einheit, die mal geht, mal kommt, die sich immer wieder einfindet, egal wer von uns weggegangen ist, um sich dann doch wieder einzufinden.

Mit zufriedenem Seufzen gleitet der Füller über die gespannten weißen Seiten, die sich glücklich unter ihm ausbreiten. Sie ist wiedergekommen. Alles ist gut.

Und die Geschichten begannen ihren Reigen …

Der undurchsichtige Weggefährte

Sie war wütend. Er hatte sich einfach aufgedrängt, ihre ablehnende Haltung ignoriert und sich ihr angeschlossen. Sie wanderten durch den Wald, und er schwieg. Wenigstens etwas, dachte sie missmutig; ständiges Geschwätz hätte sie gar nicht ertragen. Sie wollte für sich sein, die Gedanken loslassen, einfach nur sein. Den noch dunklen Wald hören und fühlen. Doch vor allem wollte sie allein sein. Seine Anwesenheit neben ihr brachte sie aus dem Rhythmus. Sie kannte ihn nicht, wollte ihn auch nicht kennenlernen. Erst nach einer Weile bemerkte sie, dass ihre Schritte den gleichen Rhythmus aufgenommen hatten. Das ärgerte sie. Sie wollte nicht mit ihm im Einklang laufen. Mit einem Menschen, den sie gar nicht kannte.

Als sie an der Wanderkarte aufeinandergetroffen waren, hatte sie ihn nur mit einem kühlen Kopfnicken gegrüßt und dann wieder die Wege studiert. Er war neben sie getreten. Zu nah. Sie hatte sich den Weg nicht so genau eingeprägt, wie sie ursprünglich wollte, und war aufgebrochen.

Er kam kurz darauf mit ruhigen, ausgreifenden Schritten hinterher und schloss sich ihr einfach mit den Worten an: »Wir haben wohl denselben Weg gewählt, da können wir ja miteinander laufen.«

Das laute Nein, das durch ihren Kopf gehallt war, fand den Weg nicht nach außen. Sie lief langsamer, doch er passte sich an, sie lief schneller, und er blieb neben ihr.

Sie schnaufte und wütete innerlich gegen diesen aufdringlichen Menschen und gegen ihre eigene Unfähigkeit, sich klar zu äußern und durchzusetzen. Er wirkte nicht bedrohlich. Sie hoffte, dass sie sich wenigstens in dem Fall von Anfang an dagegen gewehrt hätte, von ihm begleitet zu werden.

Also schritten sie gemeinsam durch den Wald. Der Gleichklang ihrer Schritte beruhigte unmerklich ihren inneren Aufruhr. Das Zwitschern der Vögel und das gelegentliche Tropfen des Taus von Blatt zu Blatt schlichen sich in ihre Aufmerksamkeit, und sie fand zu sich. Zwischen den Baumkronen wurde der Himmel langsam heller, aber der Weg war immer noch mehr zu erahnen als zu sehen, wie er sich vor ihnen durch den Mischwald wand.

Ihr Ziel war eine Senke mitten im Wald. Dieser wurden in alten Zeiten magische Kräfte zugeschrieben, und sie wollte das Morgenlicht dort begrüßen. Nicht weil sie an Magie geglaubt hätte. Sie mochte einfach die Stimmung des frühen Morgens an stillen, abgelegenen Orten.

Der Weg führte direkt zur Senke. Ihre Gedanken verloren sich in Plänen, wie sie ihren undurchsichtigen, stummen Weggefährten dazu bringen konnte, sie dort sich selbst zu überlassen und einfach weiterzugehen.

Auf einmal entfuhr ihr ein erschreckter Aufschrei, als ihr linker Fuß ins Leere trat und schon auf dem Weg nach unten war, während das rechte Bein noch versuchte, die Bodenhaftung zu wahren. Ihre Arme fuhren haltsuchend durch die Luft, ihr Rucksack drängte sie in die plötzlich erschienene Tiefe. Da fuhr ein Ruck durch ihren rechten Arm, und sie hing über der Senke. Ihre Füße traten heftig um sich, suchten in der rutschigen Erde des Abhangs nach Halt.

»Deine andere Hand!«, hörte sie den Ruf. Er musste es mehrmals wiederholen, bevor ihr Gehirn die Anweisung verarbeitete. Endlich bekam er auch den linken Arm zu fassen, und langsam und beschwerlich zog er sie über den Rand der Senke auf den Waldboden. Keuchend lag sie im taufeuchten Moos neben dem Weg, der so plötzlich ins Nichts verlief. Die Arme vor sich verschränkt, den Kopf darauf abgelegt, die Füße ragten noch ins Leere, und ihr Rucksack war eine schwere Last auf ihrem Rücken. Endlich beruhigte sich ihr heftig schlagendes Herz, Luft fand regelmäßig den Weg in ihre Lungen, und sie atmete einmal, zweimal tief durch.

Wenn er nicht gewesen wäre...

Sie zog die Füße zu sich heran, kroch noch etwas weiter vom Rand weg und richtete sich dann langsam auf – zuerst auf alle viere, dann setzte sie sich auf ihre Hacken. Sie blickte zur Seite, um ihm zu danken, doch da war niemand. Suchend wanderten ihre Augen nach links und rechts, versuchten den langsam aus der Dämmerung tretenden Wald zu durchbohren. Niemand. Ein weiterer Schreck durchfuhr sie. War er selbst abgestürzt, nachdem er sie gerettet hatte? Sie rappelte sich mühsam ganz auf, trat behutsam nahe genug an den Rand, um die Tiefe absuchen zu können. Die ersten Lichtstrahlen fielen bereits in die Senke, doch sie konnten noch nicht alle Schatten durchdringen. Sie sah niemanden. Vorsichtig entfernte sie sich wieder vom Rand, um nach einer Abstiegsmöglichkeit zu suchen, da stutzte sie. Der Waldboden am Rand der Senke war feucht, Erde und Moos zeigten deutlich ihre Fußabdrücke und die Spuren ihres Kampfes gegen den Abgrund. Ihre Spuren, sonst keine.

Sie starrte benommen auf den Boden, ging neben ihren Spuren bis dahin zurück, wo der Weg noch fester gewesen war. Ihre Spuren – nur ihre Spuren. Es war niemand neben ihr hergelaufen. Niemand, der Abdrücke zurückgelassen hätte.

Sie ließ sich langsam am Stamm der dicken Eiche zu Boden gleiten, hockte da, den Rucksack unbequem ins Kreuz gepresst, die Hände auf den Knien abgelegt, und sah der Sonne zu, wie sie Lichtspiele durch die Blätter und Nadeln des Waldes tanzen ließ. Dann schloss sie die Augen, und ihre Gedanken kreisten nur um ein Wort: Danke.

Der Stein in der alten Stadt

Die Zeiten sind jetzt ganz anders. Wieder einmal. Ruhe und Gleichmut regieren. Das Leben wird bestimmt vom Gesang der Vögel, vom Summen der Insekten. Gelegentlich hört man in der Ferne ein Auto, das eilig seines Weges rollt.

Wir, die Steine in den alten Ruinen, verändern uns kaum. So schwelge ich in Erinnerung an die Zeit, als unser Haus noch erfüllt war vom Spielen und Lachen der Kinder, vom Klappern der Töpfe auf dem jetzt schon lange erkalteten Kaminrost, von Streit und von liebevollen Worten. Ich nahm das alles damals voll Interesse und Anteilnahme in mich auf, es erfüllte mich mit einem Leben, das ich aus mir selbst nicht besitze.

Millionen Jahre lang war ich taub und ohne Gefühl. Verschiebungen der Kontinente verschoben auch mich, der ich im Felsmassiv eingebunden war. Dann eines Tages klang lautes Klopfen zu mir, und der erste Sonnenstrahl traf mich. Ich wurde zu einem Teil dieses Hauses gemacht.

Zu meinem Glück bin ich über der Tür verbaut, kann sehen und hören, was sich außen und innen tut. Jetzt, da sich innen nichts mehr tut – das Haus, der ganze Ort ist seit Jahrzehnten verlassen – habe ich wenigstens die Freude, die Natur beobachten zu können.

Nur noch ein paar Jahre, dann werde auch ich fallen, vielleicht den Berg hinabrollen. Und wer weiß, womöglich darf ich dann ein neues Haus behüten und beschirmen und mich wieder am fröhlichen Lachen, am Streit und der Liebe der Bewohner erfreuen.

Bis dahin bewahre ich die Erinnerung und damit ein bisschen Wärme für mich.

Die Wolfsbiege

Seit Jahren fahre ich regelmäßig an Aachen vorbei. Auf dem Weg nach Großbritannien oder von dort zurückkommend. Meistens legte ich in der Nähe einen Übernachtungsstopp ein. Doch diesmal war es noch früh am Abend, als ich Aachen erreichte, und ich beschloss weiterzufahren. Leider war das eine Fehlentscheidung, denn kurz darauf landete ich in einem Stau, der sich gerade erst gebildet hatte. Eine Weile hoffte ich darauf, er würde sich schnell auflösen, doch nichts tat sich. Es wurde dämmrig, und kurz entschlossen fuhr ich widerrechtlich über einen Feldweg von der Autobahn ab und schlug mich bis zur nächsten Landstraße durch. Vielleicht fand sich ja ein Landhotel oder Gästehaus, in dem ich übernachten konnte.

Es wurde dunkler und dunkler; die Wälder, durch die ich fuhr, wurden dichter, und ich drang immer tiefer in ein hügeliges Niemandsland vor, das nicht einmal von Sternenlicht erhellt wurde, da der Himmel von dicken Wolken überzogen war. An Umkehren war nicht zu denken. Vorwärts und die Hoffnung nicht aufgeben, lautete die Devise.

Überrascht stellte ich fest, dass ich auf eine dunkle Erhöhung zufuhr. Die Straße ging erst von Teer in Schotter und dann in einen Feldweg über. Dicht an dicht standen die riesigen Bäume wie Wächter entlang des Wegs, und langsam wurde mir mulmig zumute. Die nächste Gelegenheit würde ich zur Umkehr nutzen, dieser Weg war mir nicht mehr geheuer. Da riss die Wolkendecke auf, und strahlend ergoss der Vollmond sein blasses Licht auf mich. Ich liebe den sanften Schein des Mondes. Die ungewisse Furcht war vergessen, und ich hielt an, um den stillen Schimmer der Verzauberung zu genießen, den er über Wald und Hügel legte. Gar nicht mehr unheimlich, dachte ich bei mir, sondern wunderschön.

Die Scheinwerfer des Wagens, der auf mich zukam, blendeten mich. Das würde schwierig werden, dachte ich, der Weg war schmal. Knapp vor mir hielt das andere Auto an, die Tür öffnete sich langsam, und eine Gestalt löste sich und kam mit ruhigen Schritten im Gegenlicht auf mich zu. Groß mit geschmeidigen Bewegungen. Ich fragte mich, was er wohl wollte. Vielleicht wusste er einen Ausweg aus dem Patt oder er war stinksauer, weil ich mich auf Privatgrund befand.

Ich ließ das Fenster einen Spalt herunter und wartete, bis er neben mir stand.

Er hielt etwas Abstand und beugte sich vor. »Guten Abend, haben Sie sich verfahren?«

»Das kann man sagen. Ich war auf der Suche nach einer Unterkunft, aber das ist hier wohl vergebens.«

»Nein, Sie haben Glück! Es gibt an der Wolfsbiege einen kleinen Hof mit Fremdenzimmern. Er ist einfach, aber sauber, und wenn der Wirt Sie mag, bekommen Sie vielleicht sogar noch Abendbrot.«

»Dann müssen wir nur noch aneinander vorbeikommen«, meinte ich etwas zweifelnd.

»Kein Problem. Es ist nicht allzu weit bis zur nächsten Ausbuchtung. Ich fahre zurück, dann können Sie an mir vorbei.«

Ich bedankte mich, und wir folgten dem Plan. Kurz darauf tauchte wie versprochen ein Gebäude leicht unterhalb des Bergrückens auf, dem ich die ganze Zeit entgegengefahren war. Ziemlich dunkel und furchteinflößend, trotz Mondlicht. Ich stopfte meine Zweifel ins Unterbewusstsein zurück, aus dem sie hochgekrochen waren, stieg aus und nahm meinen Rucksack aus dem Auto. Langsam ging ich durch das offene Holztor auf den Eingang zu und klopfte. Nichts geschah. Ich wollte mich schon erleichtert abwenden, als feine Lichtstrahlen durch die Ritzen drangen und die Tür mit leisem Ächzen aufgezogen wurde. Der Mann war harmloser Durchschnitt, leicht verschlafen und dunkel. Er sah mich forschend an, und ich stotterte heraus: »Äh, ich wurde hergeschickt, das heißt, ich habe jemanden getroffen, der meinte, ähm, Sie hätten ein Zimmer für die Nacht?« Das Abendbrot erwähnte ich vorsichtshalber nicht.

»Mhm«, brummelte es aus dem dichten Bart. Er drehte sich mit einem angedeuteten Winken der rechten Hand um und überließ mir das Schließen der Eingangstür. Ein Impuls wollte mich hinausflüchten lassen, doch ich war zu müde. Weiterfahren kam nicht infrage.

Vorsichtig folgte ich ihm in den ersten Stock und dann über eine knarzende Holztreppe ins Dachgeschoss. Das geräumige Dachzimmer wurde durch zwei große Fenster mit Mondlicht durchflutet. Ein weiteres Brummen wies mir das

Zimmer zu, das auffordernde Zucken des Kopfes konnte ich kaum erkennen, da er sich im Halbschatten befand.

»Danke, das ist richtig schön«, versuchte mein Optimismus, die Oberhand zu gewinnen.

Wortlos drehte er sich um und ging die Treppe wieder hinunter.

Ich zuckte müde mit den Schultern, wartete noch, bis seine Schritte verklungen waren, ließ meinen Rucksack in eine Ecke fallen und beschloss, in meiner Kleidung zu schlafen. Keine abschließbare Tür, man wusste ja nie ... Trotz der ungewöhnlichen Umstände fiel ich in einen tiefen Schlaf.

Ich schreckte hoch, mein Herz klopfte wie wild, und im ersten Moment wusste ich nicht, wo ich war. Ich konnte nicht lange geschlafen haben, denn der Mond schien noch immer hell ins Zimmer. Was hatte mich geweckt? Ich quälte mich hoch und trat an eines der Fenster. Ein kleiner Garten, von Sträuchern geziert, deren Äste sich vom Wind bewegt wie Schattenfinger dem Mond entgegen reckten. Welcher Wind?, fragte ich mich, denn die Bäume, die die Lichtung begrenzten, standen dunkel, still und unbewegt. Aus dem Augenwinkel sah ich, wie sich ein Schatten im Gestrüpp bewegte, und dann leuchteten zwei gelbe Augen zu mir herauf. Ich erstarrte. Ein Fuchs? Nein, der Schatten war zu groß. Ein Wolf? Aber es gab keine Wölfe so weit westlich. Beim nächsten Blinzeln war der Schatten mit seinen glühenden Augen verschwunden. Hatte ich es mir eingebildet? Träumte ich noch? Ein Zwicken in den Arm bestätigte: Ich war wach. Primitive Angst durchflutete mich, während die Erinnerungen an Wolfsmärchen und Horrorgeschichten in rasender Geschwindigkeit durch mein Hirn zuckten.

Da knarzte unten eine der alten Treppenstufen. Verzweifelt rannte ich zur Treppe. Ein Glück! Es gab eine Klapptür, die ich nur übersehen hatte. Ich hob sie an und hatte sie fast geschlossen, als eine große Pfote mit scharfen Krallen durch den noch offenen Spalt schlug und mir tiefe Kratzer am linken Arm zufügte. Mit einem Schmerzenslaut warf ich mein ganzes Gewicht auf die Holztür. Begleitet von einem leisen Jaulen verschwand die Pfote, kurz bevor sie eingeklemmt worden wäre. Ich zitterte am ganzen Körper, aber ein Instinkt ließ mich den Haken fest einrasten, als die Tür auch schon durch einen Aufprall von unten erzitterte. Meine Blicke huschten hin und her auf der Suche nach schweren Gegenständen, die ich darüber schieben konnte. Eine Holzkiste stand nicht weit weg, und es gelang mir sie heranzuziehen, ohne mein Gewicht von der Tür zu nehmen. Sie war nicht schwer genug, half aber erst mal. Immer wieder krachte etwas von unten gegen das Holz, und das Knurren war unmissverständlich. Mein Verstand führte einen wohldurchdachten Monolog über die Unmöglichkeit dieses Geschehens, während mein Urinstinkt des Überlebens mich immer mehr Gegenstände heran raffen und über die Tür stapeln ließ. Der Schweiß lief mir in die Augen und ich wünschte mich weit weg.

Da ertönte aus dem Wald ein Heulen. Die Antwort erschallte von direkt unter mir, und die Attacken brachen unvermittelt ab. Schnell schob ich auch noch einen Fuß des

Bettes, so gut es ging, über die Tür, dann eilte ich zum Fenster. Der Schatten eines Wolfs verschwand gerade im Wald. Noch ein-, zweimal klang ein sich entferndes Heulen zu mir herüber, dann kehrte Stille ein. Nur mein Herz schlug wie ein Presslufthammer, während der Mond weiter milde auf den Wald strahlte. An Schlaf war nicht mehr zu denken.

Jetzt erst wurde ich mir der tiefen Kratzer in meinem Arm bewusst. Mit zusammengebissenen Zähnen und unterdrücktem Fluchen wusch ich die Wunde an dem kleinen Waschbecken aus, das sich in der hinteren Ecke des Zimmers befand, verband sie notdürftig und setzte mich in den Sessel, der an seinem Platz an der Wand verblieben war. Meine rechte Hand umklammerte den Besenstiel, den ich bei meiner Sammelaktion entdeckt hatte, und ich starrte in den Vorhang aus Mondlicht, der durchs Zimmer wanderte.

Irgendwann musste ich eingeschlafen sein, denn ein heftiges Pochen gegen die Klapptür ließ mich zum zweiten Mal hochschrecken. Sonniges Tageslicht erhellte den Raum, der jetzt aussah wie eine Rumpelkammer. Der Großteil der Einrichtung stapelte sich grotesk über der Tür im Fußboden, während die Wände kahl im Sonnenlicht glänzten.

»Frühstück ist fertig«, brummte es kehlig von unten. »Beeilen Sie sich. Muss in einer Stunde weg!« Dann trampelte er die Treppe hinunter.

Ich schluckte. Konnte ich es wagen? Hatte ich geträumt? Mein linker Arm pochte immer noch, doch als ich den leichten Verband abnahm, konnte ich nichts mehr erkennen. Oder waren da doch leichte Schatten zu sehen?

Aber welche Wahl hatte ich schon? Weder konnte noch wollte ich den Rest meines Lebens in diesem Dachzimmer verbringen.

Mühevoll schob ich alles wieder mehr oder weniger an den rechten Platz, griff meinen Rucksack und öffnete widerwillig die Klapptür zur Realität. Ich stieg über die knarzende Treppe hinunter in die Nähe der Haustür.

»Ich möchte zahlen?«, piepste eine mir unbekannte Stimme aus meiner Kehle. Nach einem heftigen Räuspern versuchte ich es noch einmal: »Die Rechnung, bitte! Ich muss gleich los, bin spät dran.«

Mein Gastgeber stand plötzlich neben mir. Ich hatte die Tür nicht bemerkt, durch die er getreten war.

»Kein Frühstück?«, knurrte er.

Eingeschüchtert, aber entschieden schüttelte ich den Kopf.

»Vierzig Euro«, sagte er.

Stumm zahlte ich bar und quetschte dann ein »Danke« und ein »Lebwohl« heraus. Ein »Auf Wiedersehen« wollte mir nicht über die Lippen. So schnell es mit Würde möglich war, eilte ich auf mein Auto zu, warf mich hinein, startete und fuhr los. Im Rückspiegel bemerkte ich, dass er mir hinterher sah, dann entzog mich eine Kurve seinem Blick.

Die restliche Heimfahrt verlief ereignislos, und ich verdrängte die Nacht an der Wolfsbiege, so gut es ging. Nach ein paar Wochen hatte sie den Charakter eines schlechten Traums angenommen. Nur ein Pochen im linken Arm lässt mich gelegentlich unruhig werden. Auch reagieren Hunde und Katzen in letzter Zeit mit ungewohnter Aggressivität auf meine Nähe, und – vermutlich bilde ich es mir nur ein – meine Haare scheinen dichter und dunkler zu werden und tauchen vermehrt an unerwarteten Stellen auf.

Aber das liegt bestimmt nur an den nahenden Wechseljahren.

Der Rote

Ja, jetzt geht es mir gut. Ich bin endlich dem Alltag entkommen, den lästigen Routineaufgaben, dem Druck von oben, dem Generve durch die Kollegen, den Verpflichtungen hier und Interessen da.

Endlich!

Es ist wie im Traum: mein Traum – mein Ballon.

Es war eine spontane Entscheidung, ein Gelegenheitskauf sozusagen. Ich sah oft die Anzeigen für Ballonfahrten an Wochenenden, die das offensichtlich kleine Unternehmen schaltete, um zahlende »Mitfahrer« zu gewinnen. Und ich konnte mich nie aufraffen. Immer schien es zu teuer, zu unpassend, das Wetter zu schlecht.

Und dann die letzte Anzeige: Verkaufen Ballons und Zubehör aufgrund von Geschäftsaufgabe. Es war ausnahmsweise ein ruhiges Wochenende, und ich wollte nur meine Neugier befriedigen – und mich vielleicht etwas selbst geißeln (im übertragenen Sinn natürlich); nie hatte ich die Gelegenheit wahrgenommen, eine Ballonfahrt zu buchen, und nun war es zu spät.

Ich war völlig überrascht, niemanden zu sehen, als ich vor dem Häuschen mit Schuppen im Niemandsland stand. Eine schon etwas mitgenommene Wiese breitete sich über das weite Feld aus, das in der Ferne von Bäumen und Büschen umschlossen war.

Aber er sah gar nicht mitgenommen aus. Groß und beeindruckend stand er vor mir, reckte sich hoheitsvoll dem blauen Himmel und den flauschigen Wolken entgegen, schenkte mir keinen Blick und schien doch nur auf mich zu warten. Er war rot wie die Sonne, wenn sie sich gerade erst über die Hügel erhebt oder am Abend der Welt eine letzte Farbexplosion schenkt, bauschig wie die verführerischste Wattewolke, und sein sanftes Schaukeln im leichten Säuseln des Windes schien mir auffordernd zuzuzwinkern.

»Das ist mein Letzter«, klang es von schräg hinter mir, und mit ruhiger Entschlossenheit drehte ich mich um. Der alte Mann war etwas kleiner als ich, knorrig wie ein alter Baumstamm, mit wettergegerbten Gesicht und freundlich blitzenden, hellblauen Augen. Sein Käppi saß frech schief auf seinem kahlen Kopf, und die Kleidung passte sich unauffällig der natürlichen Umgebung an. »Die anderen sind alle schon verkauft, aber er ist mir der Liebste, und ich konnte mich noch nicht von ihm trennen. Es wollte ihn aber auch keiner, die Farbe erschreckt die meisten. Zu rot, zu lebendig, zu leidenschaftlich.« Er verstummte und sah mich keck forschend an.

Gedanken rasten wild durch meinen Kopf. Obwohl ich mich von dem Ballon abgewandt hatte, um den alten Mann anzusehen, konnte ich ihn immer noch deutlich vor meinem inneren Auge sehen. Ich drehte mich um und vergewisserte mich, dass er noch da war und nicht meine Unaufmerksamkeit genutzt hatte, allein die Welt zu erkunden.

»Sie sind die Richtige! Er gehört Ihnen!«

Ich glaubte, mich verhört zu haben, und drehte mich überrascht um. Doch meine Worte blieben mir im Halse stecken, denn da war niemand mehr. Nicht nur niemand mehr – auch nichts mehr. Kein Häuschen, kein Schuppen. Nur mein Auto hatte sich dem Zauber entzogen und stand still und abwartend dort, wo ich es geparkt hatte, mein letztes Verbindungsglied zur grauen Realität. Ich musterte es einen Augenblick, studierte den roten Lack, etwas trüb unter der Staubschicht der letzten Monate, nickte ihm einmal Abschied nehmend zu und wandte mich entschlossen ihm zu – meinem Ballon.

Obwohl mein Wissen über Ballone bisher nur theoretischer Natur war, schienen das Hineinklettern und die Handgriffe der Vorbereitung wie von selbst zu gelingen. Alles war zur Abfahrt bereit. Der Korb enthielt Proviant, Decken und vieles mehr, was man so brauchen konnte. Ich kappte die letzte Leine und wir stiegen auf.

Wie lange sind wir jetzt wohl schon unterwegs? Ich habe aufgehört, die Tage zu zählen. Sie sind unzählbar, unvergleichlich, keiner wie der andere. Wir ziehen über Landschaften dahin, die Art und Farbe wie die Steinchen eines Kaleidoskops in der Hand eines Kindes wechseln. Das Wetter ist uns gewogen, und der Rote scheint die rechten Strömungen wie von selbst zu finden. Er fährt mich durch seine Welt, zeigt mir seine Lieblingsplätze, bringt mich zum sicheren Boden, bevor der Sturm losbricht, und drängt ungeduldig zum Aufbruch, wenn sich der erste Sonnenstrahl wieder zeigt. Ich schaue, staune und lerne. Weiße Gipfel und saftige Täler ziehen unter uns hinweg, schaumbekröntes Meer wogt unter uns dahin, und ewiggleiche, sich verändernde Wüsten mit seltenen grünen Oasen spiegeln die

Hitze der Sonne über uns. Menschen winken uns zu oder bemerken uns gar nicht. Manchmal wünsche ich mir eine Kamera oder einen Notizblock, doch die Kamera würde nie die Weite erfassen, die sich meinem Geist erschließt, und keine noch so wohlgeformten Worte könnten die Schönheit beschreiben, die ich fühle.

Ich lebe meinen Traum und träume mein Leben.

Der Rote trägt mich. Wir sind auf dem Weg.

Ein Schritt in die Zukunft

Versonnen steht sie am Abgrund. Der Schlag in den Rücken trifft sie völlig überraschend, und mit einem erschrockenen Aufschrei stürzt sie in die unermessliche Tiefe der Schlucht.

Verzweifelt umklammern ihre Hände noch die beiden Gegenstände, die sie vorher so versonnen betrachtet hatte: den Ring und das Briefpapier, in das er gewickelt gewesen war. Die Zeit schien sich in eine zähe Masse zu verwandeln, und ihr blieb unendlich viel davon, um panisch nach Rettung zu suchen...

Der Ring war das letzte Andenken an ihre Patentante, von deren Beerdigung sie soeben gekommen war. Der Pastor hatte ihr das unordentliche Päckchen widerwillig im Vorbeigehen in die Hand gedrückt. Sein gemurmeltes »Am besten wirfst du ihn weg« war kaum verständlich gewesen. Sie hatte das Päckchen verwirrt in ihre Jackentasche gesteckt, zu viele Hände gab es noch zu schütteln. Dabei wusste sie sehr gut, es war Neugier, nicht Mitleiden, das die Leute aus dem Dorf zur Beerdigung getrieben hatte. Vermutlich hatten sie darauf gewartet, dass Satan persönlich ihre Tante mit einem Donnerschlag zu sich holte, oder sie wollten sehen, wie die Nichte der Hexe wohl aussah. Sie hatte es durchgestanden, anschließend leise und allein von ihrer Tante Abschied genommen, war zum Auto gegangen und hinaus aus dem Dorf in die Berge gefahren.

An einer kleinen Einbuchtung hatte sie angehalten, um das Päckchen genauer zu begutachten. Das unordentlich zusammengeknüllte Papier, das den Ring umschloss, war ein letzter Brief ihrer Tante: »Wage den Schritt und nutze deine Kräfte wohl.« Mehr stand da nicht.

Sie war ausgestiegen und zum Rand des Abhangs gegangen, um in den Himmel und in die Schlucht zu starren. Sie konnte sich nicht entschließen. Zu modern ihre Erziehung, zu sachlich und praktisch ihr Denken.

Der Schlag – woher er auch gekommen war – hatte ihr die Entscheidung abgenommen, oder? Sie hatte immer noch die Wahl, tatenlos zu sterben oder es wenigstens zu versuchen, auch wenn sie trotzdem starb.

Sie fiel. Ihr Haar flatterte wild im Wind. Unten und oben, rechts und links tauschten ständig Platz in einem wilden Reigen. Der zerknüllte Brief entfiel ihrem Griff, und sie steckte den Ring an den Finger. Die Augen hatte sie weit geöffnet. Sie blickten in unsichtbare Fernen, während ihr Denken sich auf das Wichtige konzentrierte. Ihr Fall verlangsamte sich, die Welt wirbelte in die richtige Stellung zurück: oben nach oben, unten nach unten; Füße nach unten, Haare flatternd im Wind nach oben.

Der Aufprall war immer noch schmerzhaft heftig. Doch für ihren ersten Versuch in Hexerei fand sie das Ergebnis mehr als befriedigend.

Sie lebte.

Die Baumnymphe und der Wolf

Zusammengekrümmt, eingerollt wie ein Baby, liegt die nackte Frau im Zentrum der großen, blassroten Blüte, deren Blätter sie zärtlich beschützend umhüllen. Sie will nichts wissen, verkriecht sich in ihrer Angst und Blindheit. Will nur schlafen, nicht sehen. Da brechen die Wolken auf, und ein Sonnenstrahl bahnt sich mächtig seinen Weg mitten zwischen die Blütenblätter. Sie zittern und beben, leuchtend rote Streifen erscheinen, die Blüte öffnet sich weit und explodiert in feuerrotem Farbenglanz.

Noch liegt die Frau reglos. Doch sie spürt die Wärme des Strahls, fühlt, wie das Licht sich Wege durch ihre Haut sucht. Sie rührt sich. Ein Bein streckt sich aus, das andere folgt. Die Hände bedecken noch das Gesicht, doch der Körper wendet sich dem Licht zu, öffnet sich. Sie kniet inmitten der tanzenden Blütenblätter, richtet den Oberkörper auf und nimmt die Hände vom Gesicht. Durchsichtig scheint die Haut zu glühen, das gelbe Licht der Sonne lässt keine Schatten in ihr zu.

Langsam steht sie auf. Um ihre Füße spielen kleine und große Blüten. Sie streckt die Arme dem Licht entgegen. Die einzigen Schatten sind die, die sie wie Vorhänge hinter ihren gespreizten Fingern tanzen lässt. Sie beginnt sich zu wiegen, ihre Füße heben sich sanft und ziehen mit jedem Schritt federleichte, feste Wurzeln aus der Erde, nur um sie mit dem nächsten wieder im Boden zu verankern. Die Blüten und Blätter schmiegen sich wie ein Kleid um ihre ganze Figur und schieben sich an ihren erhobenen Armen hinauf.

Lichtspiele wachsen aus ihren Fingern, verzweigen sich, spielen mit ihrem Haar, weben Muster in die Luft. Sie ist blauer Schein im roten Blütenmeer, umhüllt vom sanft gelben Licht der Sonne.

Sie entlässt ihre Ängste in die Freiheit, sieht sie als Schattenspiele tanzen, lässt sie los. Ihre Wurzeln spielen mit der Erde, ihre Finger weben Leben, bewegliche Rinde umhüllt sie jetzt. Lichtspiel wird zu Blattgeäst. Tief verankern ihre Wurzeln sie. Der neue Baum schüttelt sich lebensfroh im leichten Sommerwind. Die Nymphe spürt ihr Sein in all ihren Fasern. Hier werden sie fürs Erste bleiben. Wenn die Zeit der Wanderschaft kommt, wird sie ihre Wurzeln lösen, sich zu neuen Ufern tasten und im Spiel von Licht und Wind ein neues Sein entdecken. Sie streckt ihre Sinne durch den Baum und sie sind eins.

Es ist Frühjahr. Der Baum steht still auf dem Felsen am Meer und schiebt erste grüne Triebe dem Licht entgegen. Die Nymphe schläft noch halb. Ihre Sinnesfinger locken schon das neue Grün, doch ihre Seele schlummert noch in den Tiefen der Baumwurzel.

Da fühlt sie ein sanftes Streicheln am Baumstamm. Federzarte Berührung, die um den Fuß des Stammes tanzt, dann an einer Stelle innehält, und Wärme, die sich an die Rinde schmiegt.

Die Nymphe lässt all ihre Sinne erwachen und streckt ihr Bewusstsein durch den Baum. Ihre Sinne blicken durch die Rinde und entdecken ein goldgelbes Schimmern, das sich an sie lehnt.

Der Wolf hat es sich zwischen zwei dicken Wurzeln gemütlich gemacht, den Rücken an den Stamm gelehnt, und blickt gelassen auf die ruhige See hinaus. Die Nymphe zuckt zusammen, und ihr Sein zieht sich in die Mitte des Baums zurück. So viel Nähe!

Als hätte er den Rückzug bemerkt, dreht der Wolf seinen Kopf zum Stamm und blickt ins Geäst hinauf. Seine gelben Augen, deren Farbe sich nicht von seinem Fell unterscheidet, zeigen Erkennen. Er steht langsam auf, geht ein paar Schritte und wendet sich dem Baum zu.

»Verzeih meine Unverschämtheit. Ich dachte, dies sei ein gewöhnlicher Baum.«

Die Nymphe rührt sich nicht. Vielleicht geht er ja weg.

Doch nein. Der Wolf setzt sich auf seine Hinterläufe, senkt den Kopf auf die ausgestreckten Vorderpfoten und blickt weiter zu ihr hin. »Du musst keine Angst vor mir haben. Ich dachte, ich könnte Frieden in der Einsamkeit finden. Doch mir fehlt Gesellschaft. Gemeinsamkeit. Austausch. Möchtest du dich nicht etwas mit mir unterhalten? Auch du musst einsam sein, hier allein so hoch über dem Meer, weit weg von allen Wäldern.«

Die Nymphe runzelt die Stirn, die Äste des Baums schütteln sich. Was fällt ihm ein! Bevor sie es sich anders überlegen kann, hört sie sich sagen: »Ich habe diesen Platz gewählt. Er sagt mir zu. Ich habe die Einsamkeit gewählt. Sie entspricht mir. Geh weg!«

Die Lefzen des Wolfs zucken etwas, als wolle er lächeln. Sie hatte gesprochen. Er sagt nichts, schließt die Augen und rührt sich nicht. Bald zeigt die gleichmäßige Bewegung seines Atems, dass er eingeschlafen ist.

Die Sonne steigt hoch in den Himmel und brennt bald mit überraschender Frühjahreskraft herunter. Der goldgelbe Wolf rührt sich nicht.

Das kann nicht gut für ihn sein, denkt die Nymphe. Er ist ein Geschöpf des Waldes und der Schatten. Die pralle Sonne wird ihm schaden. Vorsichtig und leise zieht sie ihre Wurzeln aus der Erde und tanzt leichtfüßig in die Nähe des Schläfers. Als der Schatten ihres noch zarten Blätterdachs über ihn fällt, versenkt sie sich wieder in Erde und Fels und wartet.

Der Wolf wartet auch. Zufrieden mit sich hat er ihre Annäherung – ihre Sorge um sein Wohl – zur Kenntnis genommen. Nach einer Weile blinzelt er mit einem Auge, dann gähnt er ausgiebig und setzt sich auf. Er putzt etwas an seinem Fell herum und sagt dann wie nebenbei: »Danke, dass du mir Schatten spendest. So viel Aufwand für einen Fremden.«

Ein leises Rascheln läuft durchs Geäst, als die Nymphe verlegen mit den Schultern zuckt.

Der Wolf blickt erneut in Richtung Meer und sagt dann: »Hast du dich schon einmal gefragt, was dort hinter dem Horizont liegt? Ob das Wasser wohl in einem riesigen Wasserfall ins Nichts stürzt? Ob es dort auch Wiesen und Wälder gibt?« Er verstummt.

Nach einer Weile spricht die Nymphe dann doch: »Nein. Ich glaube, es ist das Ende der Welt. Von hier geht es nur zurück.«

»Schade«, sagt der Wolf, »ich hatte gehofft, deine Neugierde zu wecken. Ich will wissen, was hinter dem Horizont ist. Zu zweit macht so ein Abenteuer mehr Spaß.«

»Und wie willst du dorthin kommen?«, fragt die Nymphe spöttisch. »Kannst du fliegen?«

»Nein, aber du könntest, oder?«

Stille.

»Das würde dir aber noch lange nichts nützen«, antwortet sie schließlich.

Der Wolf dreht den Kopf noch weiter Richtung Meer. »Aber wenn wir verbunden wären …«, bemerkt er dann und blickt sie plötzlich wieder aus seinen leuchtenden Augen an.

Der Baum springt fast drei Meter von ihm weg, als die Nymphe erschrocken alle Wurzeln gleichzeitig aus dem Boden zieht, um Abstand zwischen sich und diesen unerhörten Vorschlag zu bringen. »Niemals«, bricht es heftig aus ihr hervor.

Der Wolf richtet seinen Blick wieder aufs Meer, dann legt er sich hin und bettet den Kopf auf seine Vorderpfoten. Er hat Geduld. Er ist sicher, dass die Neugier ihre Angst überwinden wird.

Der Baum zittert im Hauch des Meeres, und die Nymphe starrt furchtsam auf den Wolf. Dann wandert ihr Blick hoch und aufs Meer hinaus. Was, wenn es nach dem Ende der Welt wirklich weiterging? Was, wenn sie es wagte, ihm zu vertrauen?

Der Kummertschock

Der Kummertschock schlich leise durch die Nacht. Kein Mond schien, und er grinste schadenfroh vor sich hin. Perfekt, um Angst in die Herzen der Menschen zu treiben. Das Dorf lag ruhig vor ihm. Es war schon spät und alle schliefen.

Der Kummertschock trat an das erste Haus heran, atmete tief ein und blies seinen stinkenden Atem durch die Ritzen ins Innere. Genussvoll lauschte er dem Stöhnen, das ihm antwortete, dem Knarzen der Betten, als die Schläfer sich unruhig unter plötzlichen Albträumen hin und her wälzten. So ging er verborgen von Haus zu Haus, freute sich am leisen Weinen eines verzweifelten Kindes, das er von den Dämonen seiner Gedanken plagen ließ. Ergötzte sich am Zittern der alten Frau, die ihn – schlaflos, wie sie war – durchs Fenster grienen sah.

Am Marktplatz war ein kleines Hotel, ganz ungewöhnlich für so einen unbedeutenden Ort, und der Kummertschock freute sich schon darauf, die Gäste in Angst und Schrecken zu versetzen. Von hinten trat er zur Küchentür, die im Schatten lag, und drückte die Klinke. Offen. Er wanderte durchs Haus, konnte aber keine Menschen entdecken. Enttäuschung machte sich in ihm breit, und er wandte sich wieder dem Ausgang zu, als er entsetzt die Augen zusammenkniff. Hell und klar strahlte die Gestalt, die sich ihm in den Weg stellte, und eine traurige Stimme klang in seinem Kopf: »Willst du dich denn nie bessern? Wie oft habe ich dich schon gewarnt, dir von meinem Licht geschenkt, damit du dich bessern kannst. Doch du lernst es nicht. Jetzt ist es genug!«

Das Licht verlosch in einem winzigen Punkt, und der Kummertschock wollte gerade aufatmen und sich schnell davonmachen, als er ein leises Grollen hörte.

»Meine Gefährten werden dich strafen!«, hörte er noch die Stimme des Hotelengels im Kopf tönen, da spürte er schon, wie sich die scharfen Zähne des ersten Löwen in sein Bein bohrten. Der zweite packte ihn am Arm, und die Bosheit des Kummertschocks verflüchtigte sich in die Nacht, während die Steinlöwen seinen Körper zerrissen.

Das Dorf atmete auf, und die Menschen sanken in einen tiefen Schlaf voll lichterfüllter Träume.

Freya Sposob und der Kater von Haus Nr. 13

Es war ein stürmischer Tag. Mächtige schwarze Wolken hingen wie eine Decke tief am Himmel, der nur durch das scharfe Aufblitzen der elektrischen Entladungen immer wieder erhellt wurde. Alle hatten sich in ihren Häusern verkrochen, jeder, der nicht vor die Tür musste, war froh.

Die Frau schlenderte beschwingt die Straße herauf, ein grüner langer Umhang floss weit um sie, die Kapuze halb heruntergerutscht, die Haare nass am Kopf klebend. Sie trug eine Art überdimensionalen Arztkoffer der altmodischen Art in der linken Hand und schwang ihn beim Gehen vor und zurück, als wöge er gar nichts. Vor dem verlassenen Häuschen Nr. 13 blieb sie stehen und musterte es mit einem fast verliebten Lächeln. Das schiefe Gartentor schien von selbst aufzuschwingen, bevor sie hindurchtrat. Sie machte eine kleine Verbeugung vor der Haustür, dann öffnete sie diese. Kurz darauf war ein grünliches Leuchten hinter einem Fenster zu sehen.

Das kleine Haus lag still unter dem Aufbäumen der Natur. Es raschelte leicht in den Büschen am Gartenzaun, dann streckte sich ein wuscheliger, rotblonder Katzenkopf heraus, und gelbe Löwenaugen beobachteten interessiert das Haus. Kein Fenster offen, keine Helligkeit. Doch der Kater wusste, sie war endlich da. Er eilte über die Rasenfläche um die rechte Hausecke und sprang auf das Fensterbrett, das ihm am nächsten war. Sie war drinnen, er spürte ihre Bewegungen. Ein herrischer Pfotenschlag kratzte am Glas entlang, und auffordernd starrten seine Augen durch das Dunkel die Frau in der Küche an. Sie drehte sich zu ihm um und legte den Kopf leicht auf die Seite. Er strich mit einer Wange seitlich am Glas entlang und miaute. Der Schwanz schlug ungeduldig durch den lästigen Regen.

Freya sah durchs Fenster auf den Kater und lächelte innerlich, hütete sich aber, dies zu zeigen. Sie ging hin und öffnete den linken Flügel. Als der Kater an ihr vorbei ins Zimmer springen wollte, hatte sie ihn plötzlich am Schlafittchen und wickelte ihn geschickt in ein großes Geschirrtuch, das sie verborgen gehalten hatte. Sie rubbelte ihn trocken, ignorierte sein empörtes Fauchen über die unziemliche Behandlung, schloss das Fenster mit einem Gedanken und fragte dann laut: »So, und wer bist du?«

Große gelbe Augen blickten sie wütend aus dem zerrubbelten Fell an. Freya setzte ihn ab und schloss sicherheitshalber die Tür zum Rest des Hauses. Der Kater sprang auf die Arbeitsplatte der Küchenzeile, ließ sich würdevoll nieder und begann sich ausgiebig zu putzen, wobei er sie völlig ignorierte.

Sie tat es ihm nach, ignorierte ihn auch und ging wieder ihrer Beschäftigung nach, das Innenleben der Küchenschränke zu überprüfen.

Es war nicht viel zu finden, und es war schmutzig. Eine verlassene Form von Schmutzigkeit. Sie gab ihre Suche auf und seufzte leicht. Sie war keine Anhängerin unnützen Zaubers, und so beschränkte sie ihren Zauber darauf, Eimer, Putzlappen und Reiniger erscheinen zu lassen und machte sich an die Arbeit. Das grüne Licht schwebte wie neugierig über ihrer rechten Schulter und gab genug Helligkeit ab, um die schmutzigen Ecken auszuleuchten.

Der Kater hatte sich, frisch geleckt, dort zusammengerollt, wo er saß, und beobachtete sie jetzt aus schmalen Augen. Er war zu stolz, durch aufdringliches Maunzen auf seinen Hunger hinzuweisen, wohl wissend, dass sie sich dessen auch bewusst war. Er verstand durchaus, dass sie ihren Anspruch auf die Entscheidungsgewalt klarmachen musste, und war bereit, sich noch etwas zu gedulden. Ihre unsinnige Zurückhaltung in puncto Zauberkräfte beim Putzen konnte er allerdings nicht verstehen. Er drehte seinen Kopf zu der von ihr abgewandten Seite der Küche und zwinkerte einmal betont. Ein unsichtbarer, unhörbarer Wind strich durch diesen Teil des Zimmers, und es erstrahlte in neuer, blitzblanker Sauberkeit in allen Ecken und Furchen.

Der Kater kam nicht mehr dazu, den Kopf zu Freya herumzudrehen, da hatte sie ihn schon wieder fest am Nacken gepackt, riss das Fenster auf und schmiss ihn ins kalte Dunkel des Sturms. Mit energischem Klappen schlug das Fenster zu, und er hörte ihre Gedanken: »So nicht, mein Freund! Du kennst die Regeln. Wenn du bereit bist, sie einzuhalten, kannst du wiederkommen! Morgen!«

Entsetzte gelbe Augen starrten in wütende grüne, dann schoss er schnell über das Gras unter die Büsche. Ups, das war wohl ein Fehler gewesen!

Freya sah ihm mit unbewegtem Gesicht nach, verschloss ihre amüsierten Gedanken fest vor ihm und erlaubte sich dann ein kleines Lächeln.

Ein paar Tage später hatte Freya das Haus einer Grundreinigung nach normaler Hausfrauenart unterzogen, den Kater in Gnaden wieder aufgenommen und mit seiner Hilfe das Häuschen auch spirituell gereinigt. Alle dunklen Ecken böser Erinnerungen, öder Langeweile und nachbarlicher Missgunst waren durch ihre vereinten Kräfte zu Orten offener Reinheit und erwartungsvoller Vorfreude geworden. Sie hatte ihre Schutzzauber um Haus und Garten gelegt, und nun war es an der Zeit, die Nachbarschaft kennenzulernen. Sie wunderte sich etwas, dass die Neugier noch niemanden herbeigetrieben hatte, aber das Wetter war die ganze Zeit miserabel gewesen. Wahrscheinlich wollte einfach keiner vor die Tür, dachte sie bei sich, als sie durch das Wohnzimmerfenster auf die verlassene Straße sah.

Der Kater warf ihr vom Fensterbrett aus einen herablassenden Blick zu. So einfältig konnte sie doch wohl nicht sein!

Freya bemerkte es nicht. Sie atmete tief die Wärme des Lindenblütentees ein; die Tasse hielt sie selbstvergessen zwischen beiden Händen. Im Haus schräg gegenüber hatte sie vor kurzem eine ältere Dame hinter dem Fenster gesehen. Ihr würde sie ihre erste Aufwartung machen.

Der Kater schnaufte verächtlich, ohne die Augen zu öffnen. Die Alte war eine klatschwütige Besserwisserin. Ein hoffnungsloser Fall. Er würde nicht mal eine Pfote in deren Garten setzen.

»Sei nicht so negativ«, wies ihn Freya in Gedanken zurecht, »Du sollst ein guter Hausgeist sein, kein meckernder

Troll. Wie soll ich dich eigentlich nennen? Du hast mir deinen Namen noch nicht verraten.«

Der Kater wandte ihr langsam seinen Kopf zu ohne ihn wirklich von den Vorderpfoten zu heben und blickte sie starr an. Freya starrte ohne zu zwinkern zurück. Der Kater wandte den Kopf wieder ab und blinzelte einmal. Freya zuckte die Schultern. Auch gut.

»Okay, du Geheimniskrämer, wenn du mir noch nicht vertraust, dann nenne ich dich einstweilen Pumuckl.« Fauchend sprang der Kater vom Fensterbrett und schlug ihr die rechte Pfote in den nackten Fuß. Freya lachte trotz des Schmerzes. »Selbst schuld!«, kicherte sie.

Der Kater starrte sie noch einmal kurz an, dann stakste er hoheitsvoll zur Küche. Kurz darauf war die Katzenklappe zu hören.

Freya grinste in sich hinein, dann wanderte auch sie in die Küche, zog Schuhe und Umhang an, stellte den selbst gebackenen Gugelhupf in den Korb und startete ihren ersten Nachbarschaftsbesuch. Als sie auf die Haustür von Nr. 16 zuging, glaubte sie, eine Bewegung hinter dem Vorhang zu sehen, aber es dauerte lange, bis auf ihr Klingeln eine Reaktion kam. Die Tür ging einen Spalt breit auf, und eine kleine Frau mit erstaunlich glatter Haut für ihr Alter, blassen blauen Augen und einem altertümlichen Dutt spitzte hindurch.

»Ja?«, fragte sie kurzangebunden.

»Grüß Gott, ich bin Freya Sposob, die neue Nachbarin von Nummer 13. Ich wollte mich endlich mal vorstellen und dachte, ich bringe Ihnen einen meiner Kuchen mit. Zum Einstand, sozusagen.«

Die Frau sah misstrauisch Richtung Korb, dann wieder zu Freya. »Hm«, machte sie, und es klang nicht, als ob sie sich über den Kuchen freute. Freya wartete noch etwas, dann – als weiter keine Reaktion kam – sagte sie: »Tut mir leid, wenn es gerade nicht passt. Wissen Sie was, ich lasse ihnen den Korb mit dem Kuchen einfach hier, und Sie genießen ihn, wenn Sie Zeit haben. Kommen Sie doch einfach mal bei mir vorbei, wenn Sie Lust haben.«

Als die Alte keine Anstalten machte, ihr den Korb abzunehmen, den sie ihr hinhielt, stellte sie ihn vor die Tür, lächelte gequält zum Abschied, und mit einem zögernden »Also dann ...« wandte sie sich ab und ging zurück zu ihrem Haus. Sie hielt sich aufrecht, um die Blicke ertragen zu können, die sich wie Nadelspitzen in ihren Rücken zu bohren schienen.

Hinter der Gartentür saß der Kater und putzte sich gelangweilt. »Ich hab's doch gewusst«, dröhnte es laut in ihrem Kopf.

Als sie die Haustür öffnete, schlüpfte er schnell zwischen ihren Füßen hindurch hinein und lief ihr zur Küche voraus. Sie gab ihm etwas zu fressen, setzte sich an den Küchentisch und sah ihm zu, ohne ihn wirklich zu sehen.

Was war nur mit der alten Frau? Wie sollte sie herausfinden, was hier ihre Aufgabe war, wenn niemand mit ihr sprach?

»Wie wär's, wenn du mir endlich mal zuhörst, statt mich wie eine normale Hauskatze zu behandeln?«, fauchte der Kater in ihre Gedanken hinein, ohne sein Fressen zu unterbrechen. »Ich war schon vor dir hier, mich haben sie weder erwischt noch vertreiben können, als sie deinen Vorgänger ...« Er brach ab.

»Was war mit meinem Vorgänger? Welcher Vorgänger überhaupt?«

Der Kater fraß, das Sinnbild einer gefräßigen Hauskatze, so als hätte er seine Beschwerde von kurz vorher vergessen.

»Also gut, warum erzählst du mir nicht deine Geschichte, und zwar von vorne«, versuchte Freya es anders. Sie stand auf, füllte etwas Milch in eine Schale (wohl wissend, dass sie das nicht sollte) und stellte sie auffordernd auf den Tisch gegenüber von ihrem Platz. Der Kater sprang geschmeidig hoch und schlabberte genüsslich. Er putzte sich das Maul und setzte sich in Pose. Seine gelben Augen richteten sich wie Scheinwerfer auf Freya, dann erzählte er ihr seine Geschichte. Mitten in seiner Erzählung über nachbarliche Missgunst, bösartige Streiche und tätliche Angriffe stand Freya auf und trat ans Fenster. Sie blickte hinaus auf die friedlich wirkende Straße. Ihr Vorgänger war solange schikaniert – und auch körperlich verletzt – worden, bis er aufgab und den Ort verließ, sobald er wieder laufen konnte, ohne seine Aufgabe erfüllt zu haben. Das Übel, das in diesem Ort umging – worum es sich auch handeln mochte – trieb immer noch sein Unwesen.

Freya sah noch lange aus dem Fenster, nachdem der Kater seine Geschichte beendet hatte. Dann senkte sie den Kopf. Sie hatte so auf eine ruhige, befriedigende Aufgabe gehofft. Sie mochte das kleine Hexenhäuschen und auch den eigenwilligen Kater. Sie hatte sich gewünscht, auch die Menschen im Ort einfach mögen zu dürfen.

Sie seufzte, dann wandte sie sich wieder dem Kater zu. »Na dann, lass uns anfangen«, sagte sie und holte die Kräuter, Kerzen und sonstigen Notwendigkeiten herbei, die sie für eine erste magische Suche nach dem Übel dieses Ortes benötigte. Der Kater und sie waren ein gutes Team, wenn er seine Arroganz und sie ihren Hang, ihn zu ärgern, beiseiteließ.

Bis er ihr aber seinen Namen verriet, ging noch viel Zeit ins Land.

Die Eule und das Nilpferd

Still liegt der breite Fluss da. Er bewegt sich so gemächlich, dass man es nur bemerkt, wenn man ganz genau hinsieht. Es wird schon dunkel. Nur ein fahler Lichtschimmer ist noch zu erkennen, und die alten Bäume am Flussufer werden zu dunklen Riesen – die Wächter der Nacht. Die letzten Vogelstimmen verstummen, das Konzert der Frösche setzt ein. Gelegentlich das vorsichtige Zirpen einer Grille. Die Luft ist noch warm vom Tag, doch langsam mischt sich der kühl-erdige Geruch der Nacht hinein.

Ein leises Rascheln in der hohen Kiefer durchbricht die Stille, und ein leuchtendes Augenpaar tastet kundig die Umgebung ab. Sie ist gerade erwacht, und der Hunger ist auch schon da. Sie schüttelt ihr Gefieder durch, zwinkert ein paar Mal mit den Augen. Frösche quaken. Sie sind nicht ihr Leibgericht, aber für den kleinen Hunger zwischendurch oder um erst mal in Stimmung zu kommen? Warum nicht!

Den Kopf leicht vorgereckt sucht sie das Ufer ab, das sich direkt unter ihr ausbreitet. Die Frösche sind am besten zu entdecken, wenn sie sich bewegen, aber mit etwas Geduld kann sie sie auch so finden. Da! Lautlos breiten sich ihre Schwingen aus, und wie ein Schatten gleitet sie durch die dunkel-laue Luft. Der Frosch hat keine Chance. Zu selbstvergessen quakt er sein Lied. Sie hält ihn mit ihren starken Klauen fest und stillt den ersten Hunger gleich hier am Ufer. Sie ist die Königin der Nacht.

Es plätschert, und ihr Kopf ruckt fast 180 Grad herum, um das Geräusch zu lokalisieren. Ein Teil eines großen Kopfes ragt aus dem Wasser, zwei kleine schwarze Äuglein beobachten sie unbewegt. Sie starren sich an. Der Frosch zuckt noch verzweifelt und wird doch nicht beachtet.

»Was willst du?«, fragt sie mit einem leisen Fauchen.
»Ich esse!«

Der Kopf erhebt sich komplett aus dem Wasser, das riesige Maul öffnet sich ... zum Gähnen. »Keine Angst, ich tue dir schon nichts!«

Die Stimme plätschert überraschend klangvoll angenehm zu ihr herüber. Von so einem dicken Gesellen hätte sie eher ein tiefes Brummen oder Grollen erwartet.

»Ich habe nur deine Jagdkunst bewundert. Du kannst dir nicht vorstellen, wie ungewöhnlich das durch die Brechung des Wassers aussah. Bis zur letzten Sekunde dachte ich, du verfehlst dein Ziel!«

»Ich verfehle mein Ziel praktisch nie, wenn ich richtig Hunger habe«, gab sie hoheitsvoll zurück. Und musste sich das laut grollende Gelächter aus dem Riesenmaul gefallen lassen, dessen Windstoß ihr die Federn durcheinanderwirbelte.

»He, lass das! Mein Federkleid kommt durcheinander!"

»O weh, das wollen wir ja nun nicht«, grummelte das Nilpferd vor sich hin.

»Was willst du denn nun eigentlich von mir – oder bist du ein Unterwasser-Voyeur?«

»Ich will mich nur etwas unterhalten. Meine Familie macht einen Ausflug, aber mir ging es nicht so gut, also blieb ich in den alten Jagdgründen zurück. Es ist langweilig ohne Ansprache. Es heißt doch, Eulen sind weise. Da dachte ich, wir könnten eine gepflegte Unterhaltung führen.«

»Dazu gehören ja wohl zwei. Und auch, wenn meine Weisheit dir zweifellos zugutekommen würde, was habe ich denn davon?«

»Die Befriedigung, so unendlich schlau zu sein«, gab das Nilpferd leicht ironisch zurück. »Was nützt dir denn all deine Weisheit, wenn du sie nur für dich behältst, dir andauernd sagst, wie schlau du bist, aber einsam wirst, weil du dich für was Besseres hältst?«

»Ach was«, fauchte sie, aber dann wurde sie nachdenklich und kaute zerstreut an einem jetzt nicht mehr zappelnden Froschschenkel herum. »Du hast ja recht«, gab sie schließlich zu. »Aber es ist auch sehr ungewöhnlich, dass jemand tatsächlich etwas von meiner Weisheit wissen will. Die meisten stellen Fragen, die zu allgemein sind, und wundern sich dann, wenn die Antwort unbefriedigend ausfällt. Irgendwann habe ich das Interesse verloren, es wieder und wieder zu versuchen. Jetzt jage ich und fresse, beobachte, schlafe und denke mir nur meinen Teil.«

»Das ist traurig«, sagte das Nilpferd. »Ich bin nicht sehr weise, das heißt, ich weiß nicht viel von großen Gedanken. Aber ich weiß viel darüber, wie der Fluss fließt, wen er bewegt, wen und was er beherbergt, wer welche Probleme hat, wo sich was freut. Die meisten Dinge im Fluss sind klein und sehr beweglich im Vergleich zu mir. Oft hält man mich für einen Felsen. Sie lassen sich auf mir nieder, unterhalten sich ungeniert. Und so weiß ich viel über die kleinen Dinge.«

»Hm«, machte die Eule. »Ich weiß zugegebenermaßen nicht viel über das Leben unter Wasser – aus offensichtlichen Gründen. Ich glaube, du hast recht. Gespräche zwischen uns beiden könnten sehr aufschlussreich werden. Aber jetzt muss ich erst mal etwas jagen. Der Frosch war ein magerer Happen. Wollen wir uns nach Mitternacht hier wieder treffen? Dann bin ich satt und eher geneigt zu einem philosophischen Gespräch.«

»Abgemacht«, antwortete das Nilpferd. »Bis später und gute Jagd.« Damit versank es wieder im Wasser, und die Eule machte sich auf die Suche nach einer schön fetten, dummen Maus.

Das finstere Bild

Genussvoll ließ Katherina sich auf ihrem Lieblingsstuhl auf der Terrasse nieder und hielt den Pinsel locker in der Hand. Ein leeres Blatt Papier. Eine Welt, die darauf wartete, entdeckt, enthüllt zu werden.

Es war lange her, seit sie das letzte Mal ihrer künstlerischen Neigung gefolgt war. Zu viel Hektik, zu viel Routine. Immer war etwas anderes wichtiger gewesen, als diese Zeit für sich selbst, Zeit für Leidenschaften.

Entweder schuf sie sich Freiräume und Auszeiten oder ihre Gesundheit würde irreparablen Schaden nehmen, ihre Lebenszeit nur noch in Jahren, nicht mehr in Jahrzehnten bemessen sein.

Und so hatte sie in den letzten Wochen überall aus den Ecken und Stauräumen ihrer Wohnung die Zeichen- und Malutensilien hervorgekramt. Etwas gekritzelt, alte Übungen neu aufgenommen. Jeden Tag ein bisschen. Und jetzt – das fühlte sie – war sie soweit. Die Hand war wieder geschmeidig, ihre Seele geöffnet, bereit sich hinzugeben. Sie wusste genau, wie das Bild aussehen sollte. Es würde die äußere Manifestation ihres Traumes werden: Ein Hexenhäuschen in einem verwildert gepflegten Garten. Alte Bäume voll tiefverwurzelter Weisheit. Eine hügelige Landschaft aus sattem Grün mit rauen Felsen. Ein Bach, der sich zum nahegelegenen See schlängelte. Blauer Himmel, sanfte Wolken, helles Licht. Harte Definitionen würden durch die Aquarelltechnik zu einem liebevollen Miteinander verwischt werden.

Katherina tauchte den Pinsel in die Farbe und begann. Sie malte wie in Trance, ein leichter Wind streichelte ihre Haut, ließ Strähnen ihres dunklen Haares tanzen. Nach einer halben Stunde holte sie tief Atem, zwinkerte ein paar Mal wie aus einem tiefen Schlaf erwachend und erstarrte. Was hatte sie getan? Was war das? Statt der hellen Freundlichkeit einer friedlichen Landschaft wuchs ein riesenhafter dunkler Baum über das Blatt, raue, rissige Rinde verzweigte sich in dunklem, bedrohlichem Grün. Der Boden überwuchert von Büschen und schlangenähnlichen Ranken, die aus dem Bild nach ihr zu greifen schienen. Und da, neben dem Stamm, fast nicht zu erkennen im nachtschwarzen Dickicht des Hintergrunds, da lauerte eine Maske mit finsterem Ausdruck, durch deren Sichtlöcher grünblaue Augen sie mit gespannter Intensität fixierten.

Der Pinsel fiel aus ihrer Hand, und sie keuchte, umklammerte sich selbst mit den Armen und beugte sich vor wie von Magenschmerzen durchbohrt. Die Augen hatten gezwinkert. Sie war sich dessen sicher.

Sie sprang auf und brachte einige Meter Sicherheitsabstand zwischen sich und ihr Höllenwerk. Sie starrte darauf, wartete auf das Augenblinzeln. Nichts. Nur ein Bild – tot und unbewegt. Sie ging rasch darauf zu, und mit einer heftigen Bewegung schlug sie das Deckblatt des Aquarellblocks über das Bild, nicht darauf achtend, ob die Farbe schon getrocknet war. Sie packte alles zusammen und ging ins Haus. Den Block schob sie hinter den Schrank, machte sich eine Tasse Kaffee und stürzte sich auf die Arbeit. Nur nicht daran denken.

Ein paar Wochen vergingen, in denen sie weder Bleistift noch Pinsel anrührte, doch dann trieb sie das Bedürfnis nach Erholung doch wieder zu ihren Malutensilien. Sie nahm einen kleineren Block diesmal, zeichnete und malte Skizzen und Entwürfe, hielt Ideen mit schnellen Strichen fest. Alles ganz normal. Die Angst verlor sich in den Tiefen ihres Unterbewusstseins.

Ein schöner Herbsttag an einem ruhigen Wochenende verführten sie, wieder einen großen Block hervorzuholen, einen neuen, jungfräulichen, von dem keine Gefahr ausging.

Sie richtete alles her, versenkte sich in eine kurze Meditation und begann erneut, ihren Traum zu malen.

Der Pinsel flog wie von selbst, die Farben flossen wie gewünscht, ein entrücktes Lächeln lag auf ihren Lippen, ihr Blick schien durch das Papier auf ihre innersten Seelenbilder zu fallen.

Eine Stunde war vergangen. Sie saß verzaubert vor dem fertigen Gemälde, ganz ihren inneren Bildern hingegeben.

Als das Telefon klingelte, erwachte sie, blinzelte und vergaß über dem Anblick des realen Gemäldes das Klingeln und die Wirklichkeit. Es war dieselbe Finsternis, die sich vor ihr ausbreitete, doch die Szenerie hatte sich verändert. Die Gestalt mit der Maske stand deutlich sichtbar im Mittelpunkt des Bildes vor einem kleinen Häuschen im finsteren Wald. Das Haus war eine Perversion ihres Traumhauses, vernachlässigt, halb zerfallen, und doch eindeutig ihr Traumhaus. Wilde Ranken überwucherten den kleinen

Garten, die Bäume griffen wie krallende Finger in den gewitterdunklen Himmel. Da! Die Gestalt hatte einladend gewunken.

Sie schrie auf und stürzte ins Haus, in die Sicherheit ihrer Wohnung. Schluchzend schloss sie sich im Bad ein, schüttelte den Kopf, starrte sich aus aufgerissenen Augen im Spiegel an. Sie wurde verrückt. Es gab keine andere Erklärung.

Nachdem sie sich etwas beruhigt hatte, wusch sie ihr Gesicht, trank ein Glas Wasser und schlich sich dann von hinten an ihr Bild heran, klappte das Deckblatt darüber, ohne noch einen Blick darauf zu werfen. Der Block gesellte sich zu dem ersten hinter dem Schrank. Sie schenkte sich einen Cognac ein, nippte daran und starrte nachdenklich durch das Fenster in den Garten. Dann kippte sie entschlossen den Rest des Getränks hinunter und griff zum Telefon. Ihre Freundin gab ihr den Namen ihres Psychologen und blieb mit unbefriedigter Neugier am anderen Ende der Leitung zurück. Katherina hatte einfach aufgelegt.

Sie verdrängte das Problem noch eine Weile, doch am nächsten Morgen vereinbarte sie einen Termin, ohne genauer zu erklären, wo das Problem lag.

Der Psychologe war ein zierlicher, ruhiger Mann. Er vermittelte ihr dasselbe gelassene Gefühl wie ein Mönch, den sie einmal kennengelernt hatte. Sie brachten die Formalitäten hinter sich und das erste zögernde Kennenlernen, doch schließlich konnte sie der Frage nicht länger ausweichen.

»Was führt Sie zu mir?«

Sie schaute auf ihre im Schoß gefalteten Hände und zögerte ein letztes Mal. Dann gab sie sich einen Ruck:

»Ich glaube, ich leide unter Halluzinationen, vielleicht Schlimmerem.«

Als sie nichts hinzufügte, fragte er nach, woraus sie das schließe. Sie berichtete so genau wie es ihr möglich war von ihren Malerlebnissen.

»Ich habe Angst, nochmals einen Pinsel anzufassen«, schloss sie ihren Bericht.

Er antwortete nicht gleich, sondern dachte über das Gehörte nach, während er an ihr vorbei auf die gegenüberliegende Wand blickte. Dann wandte er sich ihr wieder zu und meinte,

»Haben Sie die Bilder dabei?«

Heftig schüttelte sie den Kopf. »Nein, ich ... ich wollte sie nicht mehr anfassen!«

»Sie haben sie sehr klar beschrieben, doch ich würde sie gerne mit eigenen Augen sehen, sie auf mich wirken lassen.«

»Aber was bringt das? Die Bewegungen, die ich zu erkennen glaubte, werden Sie nicht sehen.« Er will mich überprüfen, dachte sie, sehen, ob die Bilder überhaupt existieren.

»Dennoch ... wenn Sie sie nicht herbringen wollen, wären Sie vielleicht bereit, mich bei sich zuhause zu empfangen, sodass ich sie dort ansehen kann?«

Was blieb ihr schon übrig, sie brauchte Hilfe.

»Selbstverständlich«, erwiderte sie selbstsicherer, als sie sich fühlte.

Sie vereinbarten einen Termin gleich für den kommenden Morgen. Es war ein Samstag, doch der Psychologe wollte es nicht auf die lange Bank schieben.

Katherina verbrachte eine unruhige Nacht.

Als er kam, bot sie ihm einen Kaffee an, doch er bat sie, ihm nur zu zeigen, wo die Bilder ständen. Sie führte ihn zum Schrank, deutete auf die zwei Aquarellblöcke, trat dann ans Fenster und wandte ihm und ihren verstörenden Schöpfungen den Rücken zu.

Nach einer Weile trat der Psychologe neben Katherina und sah ebenfalls aus dem Fenster. Sie rührte sich nicht, starrte in den Garten hinaus. Nach einer Weile räusperte er sich: »Katherina, wären Sie bereit, die Bilder doch noch einmal zu betrachten, jetzt, da ich dabei sein kann?«

Sie schloss die Augen, ein Frösteln lief über ihren Körper, dann wandte sie ihm den Kopf zu, sah ihn an. »Sie haben nichts gesehen, oder?«

»Ich möchte, dass Sie sich den Bildern stellen, Katherina. Ich bin hier. Es kann Ihnen nichts passieren.«

»Nein, ich ...« Sie zögerte, dann sagte sie: »Also gut.« Mit diesen Worten drehte sie sich um und ging auf die zwei Bilder zu, die nebeneinander am Wandschrank lehnten.

Der Psychologe folgte ihr und stellte sich neben das erste. Er ging in die Hocke und griff mit der linken Hand nach der Oberseite des Bildes, um es aufrechter halten zu können. »Was sehen Sie hier?«, fragte er und sah zu Katherina hoch, nachdem er sich mit einem kurzen Blick auf das Kunstwerk von dessen Harmlosigkeit überzeugt hatte.

Katherina wandte ihre Augen vom Boden vor ihren Füßen ab, den sie angestrengt angestarrt hatte, und sah vorsichtig auf das Bild hinab. Erst zeigte es nur den großen Baum in einem dunklen Wald, der mit der Zeit immer finsterer wirkte, und dann leuchteten auf einmal zwei Augen auf. Sie starrten sie an, dann wandte sie sich dem Psychologen zu. »Lassen Sie es los!«, keuchte sie und streckte die Arme zu ihm aus, als wolle sie ihn von dem Bild wegzustoßen. Doch es war zu spät. Das Biest sprang aus dem Dunkel des Gemäldes auf den Mann und biss ihm die Kehle durch. Es wirkte riesig, wie ein Bär. Dann packte es den toten Psychologen am Genick und schleppte ihn mit sich. Gebüsch raschelte, ein anderes Tier rief wie klagend aus dem Bild, dann waren sie im dunklen Wald verschwunden. Kurz darauf drangen Fressgeräusche von dort heraus. Katherina hörte das aber nicht mehr, denn sie war bewusstlos zu Boden gesunken.

Als sie wieder zu sich kam, war sie erst verwirrt. Dann sah sie das Blut auf dem Boden, erinnerte sich wieder an alles. Sie setzte sich auf und sah das Bild an. Aus dem Gebüsch ragte ein Fuß mit Schuh. Der Unterschenkel endete in einem blutigen Stumpf. Sie würgte und beugte sich nach rechts, übergab sich auf den Teppich. Die nackten Füße, die sie dann vor sich sah, gehörten einem Mann. Sie hielt sich eine Hand vor dem Mund, versuchte, das erneute Würgen zu unterdrücken und sah zu ihm hoch. Es war der Mann, der ihr im zweiten Bild erschienen war, nachdem sie es fertig gemalt hatte. Er hatte dunkelgrüne Hosen und ein grünes Shirt an, über der Schulter trug er einen Bogen. Er hatte keine Maske mehr auf.

»Es wäre sinnvoller gewesen, ein Schwein oder so etwas zu besorgen. Sie haben alle lange nicht gut gefressen. Sie sind nicht wählerisch. Der Mann hätte nicht sterben müssen.« Seine Stimme klang rau und dunkel. Er ging vor ihr in die Hocke und reichte ihr ein Tuch, das er aus einer Hosentasche gezogen hatte. »Du hättest nicht so lange warten sollen!«, sagte er, während sie sich das Gesicht und die Hände abwischte.

»Ich verstehe nicht ...«, flüsterte Katherina.

»Das ist mir klar, sonst hättest du anders gehandelt. Du und deine Kunst – ihr schafft Tore zwischen den Welten. Es gibt nur noch sehr wenige deiner Art. Wir brauchen die Tore, den Austausch zwischen den Welten, um zu überleben. Du hast uns Jahrzehnte warten lassen. Wenn wir nicht wandern können ...« Er sah zu dem Bild mit dem Fuß. Dann reichte er ihr die Hand. »Komm, ich zeig dir unsere Welt und erkläre dir alles genauer.«

Katherina, die sich von ihm hochziehen ließ, zuckte zurück. »Ich – ich muss mich erst ...« Sie deutete auf ihren Mund und trat einen Schritt zurück. Er musterte sie mit Misstrauen in den Augen, dann nickte er. Katherina lief ins Badezimmer nebenan. Bevor sie die Tür schloss, sah sie, wie er ins Bild zurücktrat. Sie stellte den Wasserhahn im Waschbecken an und stöberte dann fieberhaft in den Schränkchen. Da! Sie nahm das alte Haarspray und das lange Feuerzeug, das neben ihrem Kerzenvorrat lag. Sie ließ das Wasser weiterlaufen, ging ins Schlafzimmer, legte Sprühdose und Feuerzeug auf das Nachttischchen, dann trat sie schnell zu den Bildern und warf eines nach dem anderen mit der Bildseite nach unten auf ihr Bett. Sie sprühte Haarspray darüber, ließ das Feuerzeug aufflammen und hielt es knapp über den Bildern in den Sprühnebel aus der Dose. Sie fingen Feuer. Sie hoben sich, als ob etwas sie von unten hochdrücken wollte. Katherina rannte ins Wohnzimmer, holte den Cognac und schüttete ihn auch über die Bilder. Eine Stichflamme schoss ihr fast ins Gesicht. Das Feuer griff auf das Bett über. Eine Weile stand sie wie gelähmt und starrte in die Flammen. Dann lief sie zurück ins Wohnzimmer, packte ihre Handtasche und rannte aus dem Haus. Sie warf sich in ihr Auto und fuhr davon.

Bis die Feuerwehr anrückte, war Katherinas Wohnung fast vollständig zerstört. Es wurden verbrannte, menschliche Überreste in den Ruinen des Bettes gefunden, die nicht identifiziert werden konnten. Die Behörden gingen davon aus, dass die Eigentümerin in den Flammen umgekommen war.

Katherina fuhr lange ohne Ziel einfach immer weiter. Sie kehrte nie zurück und sie nahm zeit ihres Lebens keinen Pinsel mehr in die Hand.

Verpasste Chance

Es war ein tiefer Schlaf gewesen. Traumlos und erholsam. Dennoch war ich sofort ganz wach und ... ich wusste nicht, wo ich mich befand. Ich kannte dieses Zimmer nicht. Das Bett war einfach, die Matratze fest, das Kissen auch. Ich rollte zur Seite, ließ die Decke auf dem Bett hinter mir und setzte mich auf. Eine leere weiße Wand lag vor mir. Ich sah nach rechts, nach links: Nur leere weiße Wände. Ich stand auf und drehte mich um. Erst glaubte ich, auch hier nur auf eine Wand zu starren, doch dann sah ich einen Umriss: Eine Tür, weiß wie die Wand, kaum durch den Spalt erkennbar, der sie begrenzte. Wie eine Geheimtür.

Unsicherheit hin oder her – diese Tür führte aus dem Zimmer, und ich wollte aus dem Zimmer hinaus. Es war kein Griff zu erkennen, aber als ich die Ränder und die Tür abtastete, bemerkte ich rechts eine kleine Mulde. Ich drückte, und mit einem leisen Klicken ging die Tür einen Spalt breit auf. Ich hörte von fern Kinderlachen, dann war es wieder still. Ich trat an die Wand neben der Tür, zog diese etwas weiter auf und sah vorsichtig durch die Öffnung.

Die Tür führte direkt ins Freie. Links konnte ich ein kleines Mischwäldchen sehen, von Büschen gesäumt; ein Feldweg führte daran vorbei nach rechts außerhalb meines Sichtfeldes. Ich zog die Tür ganz auf und trat hindurch. Der Himmel wölbte sich blau über mir. Weiße Kumuluswolken bildeten Tierfiguren, und etwa einen Kilometer entfernt sah ich den Feldweg in ein Dorf münden. Kleine gelbgraue

Steinhäuser mit festen Reetdächern tummelten sich im Kreis um einen gemauerten Brunnen inmitten des Dorfzentrums. Ein breiter Bach floss vor dem Dorf vorbei, und der Feldweg verlief über eine Holzbrücke.

Das Kinderlachen war eindeutig von dort herübergeweht. Halbnackt sprangen die Kleinen von der Brücke ins Flüsschen, planschten und schubsten sich. Ein paar Frauen bewegten sich in langen Röcken über den Dorfplatz und gingen irgendwelchen Beschäftigungen nach. Es waren keine Männer zu sehen. Rechts stieg das Land an und wurde zu einem kleinen Berg mit Felsen und wenigen Bäumen, die wie Wächter über das Land starrten.

Ich sah an mir herab. Ich hatte nur ein langes T-Shirt an, schwarz, kurze Ärmel, keine Schuhe. Nicht sehr züchtig, so wie die Frauen gekleidet waren. Ich ging noch mal ins Zimmer und holte die Decke, die ich mir wie einen überdimensionalen Rock um Hüfte und Beine schlang. Dann ging ich zur Tür zurück. Doch die war verschwunden. Ich stand vor einer undurchlässigen, weißen Wand.

Der Geist der Wohnung

Er lümmelte faul auf dem halbgemachten Bett und vergnügte sich damit, seine transparenten Finger durch die Bücher daneben gleiten zu lassen. Er fühlte sich wohl hier. Die Wohnung war etwas unordentlich. Sie hätte auch sauberer sein können. Aber es gab viele Bücher, und er liebte die staubig abenteuerliche Atmosphäre, die sie in der Luft hängen ließen. Er hatte sich noch nicht so lange hier eingenistet, als dass er sich stark genug hätte manifestieren können, um sie in die Hände zu nehmen – aber es war nur eine Frage der Zeit. Bis dahin vertrieb er sich die Tage damit, seine Schattenfinger über und durch die Einrichtung und Gegenstände gleiten zu lassen und sie sich immer mehr zu eigen zu machen. Erst hatte er die Wohnung des alleinstehenden Mannes auf der anderen Flurseite ins Auge gefasst, doch dessen Arbeitszeiten waren zu unregelmäßig. Die Schichten seiner Arbeit änderten sich ständig. Das war zu nervig. Deswegen hatte er diese Wohnung gewählt. Eigentlich hatte er von einer Frau mehr Ordnung und Sauberkeit erwartet, doch es war noch auf der erträglichen Seite von Unordentlichkeit, und jetzt fühlte er sich schon richtig zuhause.

Sie merkte natürlich nichts. Wenn sie von der Arbeit kam, war sie meist so müde oder ärgerlich, dass sie ihn nicht einmal dann bemerkte, wenn er zu langsam war und noch im Weg stand. Einmal war sie direkt durch ihn hindurchgegangen. Er wollte sich gerade in sein Versteck, den Flurschrank, begeben, da war sie schon in der Wohnung und durch ihn durch. Andere hätten vielleicht gefröstelt, manche ihn sogar schwach gesehen. Sie bemerkte ihn nicht. Sie war ... warm. Für einen kurzen Moment hatte er die unglaublich lebendige Wärme verspürt, die bis dahin aus seiner Erinnerung, ganz zu schweigen von seinem unkörperlichen Körper, verschwunden gewesen war.

Kein Wunder, dass sie nicht gefröstelt hatte.

Ein träumerisches Lächeln spielte um seine kaum sichtbaren Lippen. Vielleicht würde er sich ihr irgendwann wieder zufällig in den Weg stellen. Aber dann musste er vorsichtiger sein. Je länger er hier lebte, desto fester konnte er seine transparente Substanz mit der Wirklichkeit verschmelzen, und dann würde sie merken, dass da etwas war.

Es klingelte. Es war der Paketbote, erkannte er, als er sich kurz durch die Mauern nach unten gleiten ließ. Zu dumm, dass er noch so irreal war. Er hätte das Paket für sie annehmen und beobachten können, wie sie reagierte, wenn sie es am Abend überraschend in der Wohnung vorfand. Nein, er schüttelte verschmitzt den Kopf. Keine gute Idee, selbst wenn es schon möglich gewesen wäre. Er wollte schließlich bleiben. Sie hatte ein weites Spektrum an Büchern, von denen er tatsächlich viele noch nicht kannte. Unterhaltung für viele Monate, vielleicht Jahre, bei der Geschwindigkeit, mit der sie neue kaufte und las. Er schwebte zur Balkontür, betrachtete das Unkraut zwischen den Fliesen, die Vögel, die sich hier heimisch fühlten.

Ja, dies war jetzt sein Zuhause. Noch ein, vielleicht zwei Wochen, und er würde substanziell genug werden können, um die Tage genüsslich lesend auf dem Bett zu verbringen und vielleicht sogar einmal wieder den Geschmack von Kaffee, Tee oder ... hm ... Whisky zu genießen. Das war es, was ihn außer den Büchern an diese Wohnung band: Sie hatte einen guten Geschmack, was Single Malt betraf.

Doch, er fühlte sich wirklich wohl hier und freute sich auf Monate des Genusses.

Müde saß sie vor dem leer gegessenen Teller, das Kinn in die linke Hand gestützt, die Augen glitten schnell über die Zeilen des Buchs. Plötzlich zwinkerte sie. Ihr wurde klar, dass sie gar nicht registrierte, was sie las. Zu müde. Die Gedanken liefen ihre eigenen Wege, vorbei an ihrem Bewusstsein. Das unablässige Dröhnen in ihrem Kopf dagegen ließ sich nicht ignorieren. Frustriert schloss sie kurz die Augen, dann stemmte sie sich hoch und räumte das Geschirr ab. Stapelte es zu dem der vergangenen Tage, das schon kreative Türme in der Spüle bildete. Es konnte wohl nicht länger warten. Ergeben ließ sie heißes Wasser ein, legte die Gläser hinein, gab Spülmittel dazu. Automatismen, die abliefen, ohne dass sie dabei aufmerksam sein musste. Während ihre Hände der Routine des Spülens folgten, ließ sie ihre Gedanken schweifen. Und die kreisten schließlich ihr unwohles, unsicheres Gefühl ein. Sie konnte es nicht genau beschreiben, aber irgendwie hatte sie seit einiger Zeit ein seltsames Gefühl, wenn sie in der Wohnung war. Ein Gefühl, das sie nicht einordnen konnte. Fast so, als wäre schon jemand in der Wohnung, wenn sie heimkam, doch es war natürlich nie jemand da.

Sie hatte die Nachbarn vorsichtig befragt, ob sie etwas Ungewöhnliches bemerkt hatten, doch auch ihnen war nichts aufgefallen.

Vermutlich einfach überarbeitet, dachte sie mit einem leichten Seufzer. Die Arbeit machte keinen Spaß, sie kämpfte sich durch jeden Tag, und abends war sie bis auf die Knochen erschöpft, egal ob viel oder wenig zu tun war. Allein den Tag zu überstehen, forderte all ihre Kraft.

Sie trocknete die Hände ab und warf stirnrunzelnd einen Blick durch ihre Einzimmerwohnung. Die Unordnung ging ihr auf die Nerven. Doch noch nicht genug, um sich über sie herzumachen und Ordnung zu schaffen. Nach weiteren zwei Stunden am Computer machte sie sich fürs Bett fertig und ließ sich von einem Hörbuch in den Schlaf sprechen.

Die CD war schon lange abgelaufen, das fade grünliche Licht der Stereoanlage zitterte ängstlich verlassen in der Dunkelheit. Sie schlief unruhig, gequält von Träumen, die ihre Nächte so anstrengend machten wie die Tage.

Das Flüstern schlich sich beruhigend und zärtlich zwischen die Hektik des Traums. Es sprach vom kühlen Grün des großen Waldes, von Lichtspielen, die durch die Zweige tanzen, vom dunklen See mit weißen Blüten, die sich der Sonne öffnen und dem Mond verschließen.

Das Flüstern vertrieb den Traum, veränderte ihn in die beglückende Erinnerung an vergangene Wanderungen, an ruhige Tage, gelassenes Sein.

Mit einem tiefen Seufzer löste sich ihre verkrampfte Schlafhaltung auf, die Muskeln lockerten sich, ihre Gesichtszüge wurden jünger, der Schlaf erholsam.

Der Geist blieb noch etwas am Bettrand sitzen, eine nicht mehr völlig transparente Hand strich ihr die Haare aus dem Gesicht, und er lächelte zufrieden. Seine Gestalt war durchscheinend unwirklich, doch die Berührung real. Er hatte viel Substanz gewonnen, seine Hände wurden, wenn er es wollte, schon fest genug, dass sie ein Buch halten konnten – oder eben Haare aus einem Gesicht streichen.

Bald würde er sich entscheiden müssen, ob er ihr seine Anwesenheit offenbaren wollte. Er hielt es für keine gute Idee. Sie würde sich bedrängt fühlen. Die Wohnung war ihr sicherer Hafen. Die Vorstellung, dass da noch jemand/etwas sei, würde sie in die Enge treiben. Sie war kein Typ für Wohngemeinschaften.

Fast hätte er den CD-Spieler abgeschaltet, aber ihr Gedächtnis war zu gut. Sie würde wissen, dass sie es nicht getan hatte.

Er verschmolz mit der Dunkelheit und richtete sich gemütlich im Flurschrank ein. Im Gegensatz zu anderen Geistern bevorzugte er den Tag. Und so ließ er alles Fühlen und Denken ruhen und wurde eins mit dem Schrank.

Die Beobachterin

Die Beobachterin verharrte im Orbit über dem blauen Planeten, der von weißen Wolkenbändern überzogen war. Eine weite Reise lag hinter ihr, und sie wollte sich sammeln, bevor sie Kontakt suchen würde. Sie hatte schon festgestellt, dass es Leben auf diesem Planeten gab, doch welche Form es hatte, wusste sie noch nicht.

Langsam steuerte sie zur Nachtseite der Kugel und betrachtete die vielen Lichter, die die Sterne widerzuspiegeln schienen. Sie öffnete sich und lauschte den vielen Varianten des Lebens, die sich dem Universum mitteilten. Voller Trauer erkannte sie, dass die Oberfläche von einer aggressiven Lebensform überzogen war, die eine Art Gruppenexistenz führte und nur dem eigenen Überleben nachging. Andere Lebensformen wiesen ebenfalls ein hohes Maß an Intelligenz und Empathie auf, hatten aber keine Chance, sich gegen die räuberisch aggressive Lebensform zu behaupten. Die Atmosphäre war erfüllt von mechanischen Signalen, die alles klare Fühlen und Denken verschmutzten.

Sie wollte sich schon enttäuscht abwenden, da stiegen aus den Tiefen des Meeres wunderbare Klänge klaren, ruhigen Gesangs auf. Verzaubert lauschte sie dieser Sprache in höchster Ausformung. Ohne die Bedeutung zu kennen, fühlte sie die Liebe dieser Wesen zueinander und zu den Meeren, in denen sie lebten. Der Gesang berührte ihr tiefstes Sein, und glücklich erkannte sie, dass sie gefunden hatte, wonach sie suchte: verwandte Seelen.

Sie breitete das feine Netz aus, das ihr den Sinkflug erlauben würde, und spann auf ihrem Weg Richtung Meer eine Plattform zwischen ihren acht Beinen, die sie auf dem Wasser tragen würde. Sanft setzte sie auf den ruhigen Wellen auf und begann, ihre fragende Botschaft in die Tiefe zu senden. Erstauntes Schweigen ließ den Gesang der Wale verstummen, dann fühlte sie sich vorsichtig angehoben. Die Neugier des riesigen Wesens tastete sich vorsichtig in ihre Gefühle und Gedanken, und interessiert nahm es ihr Wissen und ihre Freude in sich auf.

Voller Entsetzen verstand sie, dass diese freundlichen, lebensfrohen Riesen keine Macht hatten, den Planeten zu retten. Ihre Welt, das Meer, wurde von der aggressiven Lebensform immer mehr verschmutzt, ihr Lebensraum immer weiter eingeengt, und sie bereiteten sich traurig und ergeben auf das Ende ihres Seins vor. Alle Versuche, Kontakt mit den zweibeinigen Lebewesen aufzunehmen, waren gescheitert. Sie wurden sogar – die Spinnerin der fernen Netzwelt schüttelte sich vor Entsetzen – von ihnen gegessen.

Sie bot die einzige Hilfe an, die ihr möglich war: Die Sprache und Geschichten der Tiefenbewohner zu lernen und der Bibliothek der Freundschaft im Zentrum des Universums beizufügen, sodass andere Welten und Völker von dem großen Schatz lernen konnten, der dem Universum verloren gehen würde.

Traurig akzeptierte sie die Warnung ihrer neuen Freunde, keinen Kontakt mit den Zweibeinern aufzunehmen. Diese waren achtbeinigen Lebewesen gegenüber mit Abscheu erfüllt und würden sie nicht entkommen lassen.

Sie verbrachte ein Jahr damit, sich mit den sanften Riesen der Erdenmeere zu treffen, ihre Gesänge und Geschichten zu lernen, in ihrer Vielfalt zu schwelgen. Dann nahm sie zögernd Abschied, warf ihr Netz dem weiten Raum entgegen und machte sich auf die lange Heimreise. Bei ihrer Ankunft auf dem heimatlichen Netzplaneten würde sie alles Gelernte teilen können, doch vermutlich würden die Schöpfer der Geschichten dann schon der Vernichtung erlegen sein.

Versonnen spann sie ihre Wissensnetze und betrauerte das Schicksal der Erdenwale.

Schmetterling und Wespe

Sonnenversunken sitzt der Schmetterling auf dem Zaun im Olivenhain. Er ist groß, seine Flügel sind schwarz, haben an den vorderen Spitzen ungleichmäßige weiße Flecken, die von einem roten Zackenrand umrahmt sind. Langsam öffnet und schließt er sie, wie Atmen ist das: auf, zu, auf, zu, ein, aus, ein, aus. Hypnotisches Winken zur Sonne. Er träumt seinen flatterhaften Traum.

»Hilf mir!«, summt es brummig verbissen von unten zu ihm hinauf.

Die Flügel klappen zusammen. Er ist still. Nur nicht auffallen.

»Komm schon, hilf mir, ich komme nicht allein hier heraus!«, brummt es noch mal, fast schon zornig.

Die Fühler des Schmetterlings zucken, die Flügel öffnen sich halb. »Wo bist du?«, fragt er vorsichtig.

»Unter dir, in der Flasche. So viele sind schon tot. Ich will nicht sterben!«

Der Schmetterling tastet sich vorsichtig den Zaun entlang und sieht unter sich eine seltsame Form, durch die er hindurchblicken kann. Am Boden der Form ist ein kleiner See, in dem viele tote Wespen liegen – dicht an dicht. Eine lebt noch, sie kämpft verzweifelt darum, über der Flüssigkeit zu bleiben, muss sich dazu an ihren toten Kameraden festklammern.

»Ich will es versuchen«, sagt er, »aber ich weiß noch nicht, wie.« Er klettert langsam tastend an der Flasche entlang, entdeckt zu seiner Überraschung ein großes Loch in der Seite. Er überlegt. Das liegt ihm nicht, er flattert lieber unbedacht durch den Tag.

»Mach schon«, gurgelt die Wespe, »ich kann nicht mehr.«

Der Schmetterling wagt sich durch das Loch, hält sich mit den Beinen auf der linken Seite seines Körpers fest und streckt die anderen innen an der Flasche aus; dann streckt er seinen Flügel zur Wespe hinunter. »Versuch, meinen Flügel nicht zu verletzen«, bittet er.

Die Wespe strampelt sich in einem letzten Aufbäumen hoch und bekommt die Kante des Flügels zwischen die Kiefer. Sie zieht sich hoch, während der Schmetterling gegen seinen Instinkt kämpft, den Flügel wegzuziehen. Die Wespe klettert langsam am Flügelrand hoch, erreicht den Körper des Schmetterlings, wobei sie eine farblose Spur auf dem Flügel zurücklässt. Mit erleichtertem Summen erreicht sie den Rand des Lochs. Sie schüttelt sich trocken, und mit wuchtigem Brummen stößt sie sich ab und fliegt davon.

Der Rückstoß lässt den Schmetterling den Halt verlieren, und wild flattert er in der Flasche herum. Stößt sich die Flügel an, versucht, Halt zu finden.

»Hilfe, Hilfe!«, flüstert er verängstigt und verzweifelt, doch keiner hört ihn.

Die Wespe jagt schon dem nächsten Bissen nach, verführt vom Duft der Flasche gegenüber.

Eisrose

Eine kleine Kerze brannte auf dem Tisch und warf tanzende Schatten in die Küche. Sie saß am Tisch, die Hände um die schon abkühlende Tasse Tee gelegt, und ließ ihre Gedanken treiben. Blicklos starrte sie hinaus in die Nacht. Es hatte geschneit, doch jetzt war es zu kalt geworden für Schnee, der Vollmond blinzelte immer wieder durch Lücken in den dicken Wolken.

Sie fror. Die Heizung war ausgefallen, und weder dicke Socken noch Weste und Kuscheldecke konnten die Kälte bezwingen. Die äußere nicht, und die, die sich von innen durch ihr Sein fraß, schon gar nicht.

Der Kräutergarten wurde teilweise vom bleichen Licht einer Straßenlampe erhellt, Büsche und Reste verblühter Blumen tanzten in bizarren Schattenspielen über den schneebedeckten Rasen. Die Straße war verlassen. Ein einsames Auto parkte gegenüber, die Scheiben schon angelaufen; bald würden sie anfangen zuzufrieren.

Er würde nicht wiederkommen. Eigentlich hatte sie es von Anfang an gewusst. Die Auszeit, die er angeblich benötigte, um zu sich selbst zu finden, war nur ein Vorwand gewesen, um die Trennung für ihn so problemlos wie möglich zu gestalten. Sie hatte versucht herauszufinden, was er suchte, hatte eine Partnerschaftsberatung vorgeschlagen. Er druckste herum, vertröstete sie auf die Zeit nach der Auszeit. Was war ihr schon übrig geblieben? Er hatte seine Sachen gepackt, war in ein Hotel gezogen. Sagte er zumindest. Sie hatte darauf verzichtet zu erwähnen, dass sie das fremde Parfüm gerochen, gelegentlich Fetzen leise geführter Telefongespräche gehört hatte. Die vereinbarte Auszeit von drei Monaten war mit diesem Tag um. Er hatte sich nur zweimal am Anfang gemeldet, um noch ein paar Kleidungsstücke und andere Kleinigkeiten abzuholen. Danach war Funkstille.

Ihre Arbeit hielt sie aufrecht, sie folgte der Routine, aber sie lebte nicht. Etwas in ihr war abgestorben, erfroren.

Ihr war kalt. Sie sehnte sich nach Zuneigung und Geborgenheit. Nach einem Wesen, das sie so annahm, wie sie war, das keine Rolle von ihr verlangte. Jemand, zu dem sie gehören konnte, der zu ihr gehörte, ohne Besitzansprüche anzumelden.

Sie seufzte, trank von dem inzwischen völlig erkalteten Tee. Als sie wieder aufblickte, war sie da. Eine filigrane, liebliche Eisblume, die sich genau in der Mitte der Glastür gebildet hatte. Sie zog erschrocken und gleichzeitig fasziniert die Luft ein. Wie war das möglich? Bildete sich Eis nicht vom Rahmen eines Fensters aus nach innen? Und dies waren nicht einfach nur Striche aus Eis, die sich zufällig zu einem Gebilde zusammengefügt hatten. Es war eine perfekte weiße Rose aus glitzernden Eiskristallen.

Ihr Atem bildete einen Nebel vor ihrem Gesicht, so kalt war es jetzt in der Küche. Sie spürte, wie ihr eine Träne die Wange herablief und auf halbem Weg erstarrte. Ungläubig tastete sie danach, und mit einem leisen Klirren landete ihre gefrorene Träne auf den steinernen Fliesen und zerbarst. Sie blickte wieder zu der Eisrose an der Glastür und sah staunend, wie sich weitere Knospen, Blüten und Blätter formten. Und dann sah sie die Gestalt hinter den Eisblumen. Schattenhaft wie Nebel, und doch blendend wie glitzernder Schnee im Sonnenlicht, erschien sie ihr in der spärlich erleuchteten Nacht. Hellgrüne Augen sahen sie über die Eisblumen hinweg an, die Arme öffneten sich willkommen heißend und fragend zugleich. Sie fühlte die Kälte nicht mehr, die Decke fiel von ihren Schultern, als sie langsam auf die Tür zuging. Ihr Spiegelbild verschmolz mit der hellen Gestalt draußen, dann trennte sie nur noch das vereiste Glas voneinander.

»Wer bist du?«, flüsterte sie, und die Eisblumen verbargen sich im Nebel ihres Atems.

»Komm mit mir, Liebste. Ich werde dich lieben und respektieren, und du wirst ewig geborgen sein in der Kühle meiner Zuneigung.«

Die Worte umschmeichelten sie, ließen Eiskristalle auf den feinen Härchen ihrer Handgelenke wachsen und ihr Herz in Freude erkalten. Sie hob die Hand, die glasige Barriere mit den Eisblumen zerbröselte lautlos in Nichts, und sie standen voreinander. Die Eiskönigin zog sie in ihre kalten Arme, und glitzernde Kristalle tanzten träumerisch im fahlen Licht des vollen Mondes.

Sie war zuhause.

Der kleine Stern

Der kleine Stern blinkt unruhig und unsicher am noch hellen Abendhimmel. Die Sonne versinkt mit einem kräftigen orangeroten Farbenspiel hinter den Hügeln im Westen. Und der kleine Stern blinzelt ängstlich zu seiner Mutter, dem Abendstern. Groß und beeindruckend blitzt sie jetzt schon, unerschrocken blickt sie dem versinkenden Riesengestirn nach, das sie tagsüber vor allen Augen verbirgt. Sie ist Venus, die Göttin der Liebe, und Liebe kennt keine Angst – auch nicht vor dem heißen Wüten der großen Sonne.

Aufmunternd zwinkert sie ihrem Kind zu, und ermutigt beruhigt der kleine Stern sein hektisches Blitzen. Es ist doch aufregend. Und er ist ja nicht allein. Neugierig beobachtet er diese kugelige Welt unter sich, die in blauen, grünen und braunen Farbtönen langsam durch das All dreht. Fast wird ihm schwindlig, wenn er darüber nachdenkt.

Die Dunkelheit kriecht langsam von Osten heran, treibt Schatten vor sich her, gewinnt schnell Raum. Da! Überrascht zwinkert der kleine Stern. Wo kommen die alle her? Lauter kleine Sternchen blitzen auf der Kugel auf, bilden Reihen, tanzen von Ost nach West. Manche finden sich zu großen Versammlungen und bleiben an einem Ort, andere bilden lange Reihen durch die sonst ganz finstere Landschaft. Und dann gibt es noch Pärchen-Sterne. Sie bewegen sich, mal hierhin, mal dorthin. Es gibt weiße Sternenpärchen und rote. Die weißen sind die mutigeren, sie gehen immer voraus. Die roten sind vorsichtig und halten sich immer hinter den weißen. Und es sind so viele.

Verwirrt blickt der kleine Stern zu seiner Mutter, die gelassen vor sich hin strahlt. Ob er sie schon mit seinen Fragen stören darf?

»Dummerchen«, blinzelt sie ihm zu. »Du darfst mich immer fragen, das weißt du doch.«

»Warum sind denn alle diese Sternchen auf die Kugel gefallen? Was für einen Tanz spielen sie da? Wieso bewegen sich manche so schnell? Warum stehen sie nicht alle still wie wir?«

Ein leuchtendes Lächeln läuft über den schönen Abendstern, und liebevoll blickt sie ihr Kind an. »Sternchen, du weißt doch, dass auch wir nicht stillstehen. Und alle diese Lichter dort unten, das sind keine Sterne wie wir. Es sind Lichter, die die Menschen sich geschaffen haben, um ihre Angst vor dem Dunkel zu vertreiben. Manche sind fest verankert, andere können sich bewegen. Die Menschen glauben, durch diese Lichter gebe es keine Dunkelheit mehr. Sie haben die Ehrfurcht vergessen, die sie uns, den Gestirnen und der Dunkelheit schulden. Doch ihre Lichter sind nicht von Dauer. Wir aber, wir leuchten ewig.«

Staunend blinzelt der kleine Stern seine Mutter an. So schön hat er sie noch nie gesehen. Und er braucht gar nicht mehr auf die kleinen Lichter der Kugel zu blicken, um zu wissen: Gegen das Strahlen seiner Mutter verblassen die Sterne der Erde zu einem Nichts.

Eine neue Zeit

Es war Zeit. Tief in ihrem Inneren konnte sie die ersten Regungen ihrer jahrtausendealten Programmierung fühlen. Endlich war die Zeit gekommen. Ihr Bewusstsein streckte die Fühler aus, tastete sich wie ein Strecken und Gähnen durch die Materie um sie herum. Sie platzte – fast wortwörtlich – vor Neugier.

Der unauffällige, kaum faustgroße Stein, der sie war, der tief in der unterirdischen Ader im Gebirge lag, begann zu summen. Hätte jemand durch Felsen blicken können, so hätte er ein warmes, grünbraunes Leuchten wahrgenommen, das den Stein im Felsmassiv zu umhüllen schien. Das umliegende Material fing an sich zu verflüssigen, und die Steinkugel begann, sich Richtung Oberfläche zu bewegen.

Sie, das Bewusstsein im Inneren, genoss die sanft gleitende Bewegung durch den kaltverflüssigten Felsen. Es war wie ein kühles Bad in einem tiefen Waldsee. Es dauerte nicht lange, und sie hatte die Strecke bis zur Oberfläche zurückgelegt. Sie schwamm auf dem Gebirgsfelsen – ein Stein unter vielen – und streckte sich suchend in alle Richtungen aus. Besorgt stellte sie fest, dass die Luft viel mehr Schadstoffe enthielt, als sie berechnet hatte, bevor sie sich in ihren Schlaf versenkte. Das Felsgestein war, wie es sein sollte, doch schon die nahegelegene Krume der Wiesen etwas weiter unten wies Nährstoffmangel und starke Verunreinigungen auf. Erste Fäden einer beginnenden Enttäuschung zogen sich durch ihre sachlichen Tests und Beobachtungen. Sollte das Experiment wieder missglückt sein?

Der Stein, der ihr Bewusstsein umhüllte, hob sich leise summend, fast unhörbar, und wurde transparent. Nur ein Flimmern wie von starker Hitze versetzte die Luft in leichte Bewegung. Sie flog langsam den Berg hinunter Richtung Tal, näherte sich der ersten Ansiedlung. Obwohl weder dunkle Rauchwolken aus den Schornsteinen stiegen, noch die Abwässer mit bloßem Auge zu erkennen waren, die in den Fluss gelangten, ihrer Aufmerksamkeit entging kein Schadstoff, keine Verunreinigung. Sie dehnte ihr Bewusstsein auf den Empfang von Impulsen und Gedanken der Lebewesen aus. Und zog sich schnell wieder hinter ihre mentale Schutzmauer zurück: Radiosignale, Funkwellen, hektische Gedankenfetzen – ein Chaos ohnegleichen, dem nur gelegentlich ein Hauch von Intelligenz, Weisheit und offener Gelassenheit anhaftete. Gehässige, kriegerische Gedanken und Taten, Machtgier und Egoismus.

Was hatte sie nur diesmal wieder falschgemacht? Sie hatte alle Prämissen und Vorgaben sorgfältig geprüft, in einem kleinen Gebiet getestet, bevor sie das planetenweite Experiment in Gang setzte. Alle Kalkulationen hatten auf einen Erfolg schließen lassen: intelligente Entwicklung, Streben nach Weisheit, harmonisches Miteinander aller Arten.

Sie flog über Berge und durch Täler, über Meere, von Kontinent zu Kontinent. Gelegentlich ließ eine kleine Enklave des Friedens und fröhlichen Miteinanders sie kurz hoffen. Doch nach einem langen Tag musste sie es sich eingestehen: Ihr Experiment war gescheitert. Wieder.

Traurig und enttäuscht sandte sie einen Gedankenfaden zu ihrem Mentor im Rat der Weisen. Sie hatte noch einen Versuch, bevor der Stern dieses Sonnensystems zum Roten Riesen wurde. Dankbar nahm sie die Erlaubnis entgegen, das gescheiterte Experiment zu beenden und ihren dritten und letzten Versuch zu starten. Sie erzeugte einen Ton in unhörbarer Schwingung, der sich durch ihren Flug um den Planeten überall hin ausbreitete.

Es war 17 Uhr im westlichen Europa. Die Fabriksirenen läuteten den Feierabend ein. Die Menschen machten sich auf den Weg nach Hause. Fünf Minuten nach 17 Uhr begann das zweite Ende allen höheren Lebens auf der Erde: Betongebäude zerkrümelten zu Staub, Metall schmolz, Menschen starben, wo sie gerade standen oder gingen. Alle Zivilisation zerfiel. Nur Pflanzen, Erde, Gestein und Wasser überlebten.

Das Sie-Bewusstsein reinigte Luft, Erde und Wasser und versank dann in tiefe Meditation, um ihr drittes Experiment zu planen. Dinosaurier und Menschen waren eine große Enttäuschung gewesen. Sie würde den Bäumen eine Chance geben. Eine letzte Chance für die Erde und eine letzte Chance für sie selbst, in den Großen Rat der Weisen aufgenommen zu werden.

Es begann eine neue Zeit.

Der Einsame

Vor vielen Jahren war er der geachtete Mittelpunkt eines kleinen Dorfes gewesen. Das Dröhnen der nahen Autobahn war inzwischen sein ständiger Begleiter. Keines der seltsamen Geräte, die darauf entlang rasten, gedachte jemals seiner. Das Wispern seiner Blätter wurde von dem lauten Rauschen völlig verdeckt.

Langsam ließ er seine Gedanken zu seinen Anfängen zurückwandern, während er darauf achtete, das frisch gebaute Nest des Rotschwänzchens sicher in der kleinen Astgabel oben links zu halten. Von weit her war er gekommen, im Bauch so eines kleinen Vögelchens war sein Same gereist, bevor er sich hier an diesem Platz niedergelassen hatte. Mühsam, aber mit zähem Willen, hatte er sich in die Erde gekrallt, Wurzeln getrieben, kleine Äste ins Sonnenlicht gestreckt. Die Jahreszeiten kamen und gingen, während er den Tiefen der Erde und der Weite des Himmels entgegen forschte. Andere, kurzlebige Pflanzen, Insekten und Tiere hatten ihn benutzt und bereichert. Er forschte, lauschte, wiegte sich bedächtig durch zwei Jahrhunderte, dann entdeckten ihn die Menschen. Er stand an einem fruchtbaren Platz. Diese kleinen Menschwesen hatten seine Weisheit erkannt, ihr Dorf um ihn erbaut, weite Felder angelegt und unter seinem Schutz in Freude, Trauer, Sicherheit und gelegentlicher Angst gelebt. Immer hatten sie ihn geehrt und seinen Raum gewahrt. Manchmal ritzte ein dummer Junge etwas in seinen Stamm, doch in seinem Alter und bei seinem Umfang spielte das keine Rolle. Ein Moskitostich auf dem Rücken eines Elefanten.

Er beobachtete ihr hektisches Treiben. Ihre Gespräche waren wie das hohe Zwitschern der Vögel in seinem Geäst. Ihre Probleme waren Sekundensachen. Er lebte, forschte und betrachtete sie mit Nachsicht.

Dann war ein Einbruch gekommen. Irgendein Ereignis außerhalb seiner Reichweite hatte sie alle aus dem Dorf vertrieben. Die Häuser verfielen, die Felder wucherten zu, und niemand verehrte ihn mehr. Niemand sah ihn mehr. Der liebliche Gesang seiner Blätter im Wind erstarb im Dröhnen der Maschinen.

Er war müde und einsam. Wer hätte gedacht, dass er diese nervigen kleinen Wesen so vermissen würde.

Darena und der Harfendrache

Darena arbeitete sich durch den Wald, den Blick forschend auf den Boden gerichtet. Sie hatte die kleinen Blüten noch nicht wieder gefunden, die sie so gerne ihrer Heilkräutersammlung beigefügt hätte. Auf einmal hielt sie inne. Neben dem Weg wies das Gebüsch einen schmalen Durchgang auf, an den sie sich nicht erinnern konnte, obwohl sie schon so oft in diesem Teil des Waldes unterwegs gewesen war. Neugierig folgte sie dem kleinen Pfad, der sich durch den Mischwald schlängelte. Manchmal hörte sie ein Knistern und Knabbern im Geäst, doch nie erblickte sie die Lebewesen, die die Geräusche verursachten. Sie lief zügig, streichelte gelegentlich über herabhängende Äste oder strich mit den Fingern über hohe Farnwedel. Irgendetwas drängte sie, diesem unbekannten Weg zu folgen.

Vor ihr schien es heller zu werden. Das Tageslicht fiel nur ungleichmäßig durch diese Mischung aus dunklen Nadel- und noch überwiegend blattlosen Laubbäumen. Die Abstände zwischen den Stämmen wurden größer, und schließlich erblickte sie eine Lichtung, auf der nur vereinzelt kleine Bäumchen und eine wirklich riesige Kastanie standen. Sie erkannte sie an ihren dicken Blattknospen, die sich schon vom Frühling hatten herauslocken lassen. Der Stamm war unglaublich dick. Sie schätzte, dass es wohl zehn bis zwölf Menschen mit ausgebreiteten Armen brauchen würde, um ihn völlig zu umfassen. Sie hatte nicht gewusst, dass Kastanienbäume so groß und alt werden konnten. Bewundernd blickte sie zu ihm auf, da öffnete sich eine

Art Tür unten am Stamm. Eine kleine Frau mit einem liebevollen, verrunzelten Gesicht und heller, regenbogenfarbiger Kleidung trat unter die Öffnung und winkte ihr wortlos, näherzutreten.

Darena zögerte, doch die Neugier gewann die Oberhand. Vorsichtig um sich blickend betrat sie das Innere des Stamms, in dem sich ein Zimmer befand, das durch ein paar Laternen erhellt wurde. Links stand ein kleiner Holzkohleofen, und ein paar schmale Regalböden mit Geschirr und Allerlei waren an der Baumwand befestigt. Ein dunkel glänzender, ovaler Tisch mit zwei Hockern stand mitten im Raum. Darauf lag ein riesiges Ei sicher in ein kuscheliges, rotes Tuch gebettet.

Die alte Frau bedeutete ihr, sich an den Tisch zu setzen. Sie wandte ihr kurz den Rücken zu und kramte in einer dunklen Ecke herum. Als sie sich wieder herumdrehte, atmete Darena erleichtert auf. Sie hielt nichts Gefährliches in den Händen. Es war eine kleine Harfe aus hell schimmernden Holz, die man zum Spielen auf dem Schoß halten musste. Sie hatte einen lieblichen Schwung, der geradezu einlud, sie in den Armen zu wiegen und zum Singen zu bringen. Die Alte kam auf sie zu und drückte ihr die Harfe in die Hände. Ihre geschmeidigen Handbewegungen forderten Darena auf, sie zu spielen. Darena sah zweifelnd auf die Harfe herab. Das konnte sie nicht.

O ja, sie war schon immer von Musik fasziniert gewesen. Die Geschichtensänger verzauberten sie stets aufs Neue. Doch sie selbst hatte nie gelernt, ein Instrument zu spielen. Sie sang nur.

Wieder wedelte die Alte mit den Händen, dann ging sie zum Ofen zurück, wo etwas in einem Topf vor sich hin köchelte und einen verführerischen Duft durch das Baumzimmer ziehen ließ.

Vorsichtig hielt Darena den Körper der Harfe im rechten Arm und strich mit den Fingerspitzen der linken Hand über die Saiten. Ein lieblich-trauriges Singen erklang, und durch Darenas zunehmenden Mut und ihre Freude am Ausprobieren verbanden sich die Klänge zu silbrig tanzenden Melodien, dunklen Fragen und freudigen Antworten. Dann ertönte ein Knacken. Erschrocken hielt sie inne, überzeugt, die Harfe beschädigt zu haben. Doch sie sah nichts, was auf einen Riss hindeutete. Also begann sie wieder mit den Saiten zu spielen.

Krach! Diesmal wandte Darena den Kopf in die Richtung des Geräuschs. Es war von dem großen Ei gekommen, das schon zwei Knackpunkte mit sich ausbreitenden Zackenlinien aufwies. Fragend sah sie zur Alten am Ofen, die ihr aber weiter den Rücken zuwandte. Darena ließ das Ei nicht mehr aus den Augen, während sie fortfuhr der Harfe süße und traurige Klänge zu entlocken. Die Zacken wuchsen mit jedem Ton weiter, und dann stieß etwas mit plötzlicher Energie durch die Risse in der Schale. Ein kleines Flämmchen züngelte in die Luft, und ein viel zu großes blaues Auge starrte sie aus einem kleinen Drachenkopf an. Das Maul leicht geöffnet, hechelte das Drachenkind hektisch vor sich hin, dabei zischten immer wieder kleine Flämmchen in die Luft.

Darena hatte vor Überraschung vergessen, die Finger über die Saiten gleiten zu lassen, und jetzt wandte sich der helle Drachenkopf hierhin und dorthin, so als suche er nach etwas. Ohne darüber nachzudenken, spielte Darena weiter, und der kleine Drache wandte sein Gesicht sofort in Richtung der Klänge. Er fing an, hin und her zu schaukeln, bis das Ei etwas zur Seite rollte, weiter auseinanderbrach und er sich ganz daraus befreien konnte. Sein Kopf war ganz hell, der restliche Körper war von blauen Linien überzogen. Die Flügel waren eingefaltet und klebten noch feucht am Körper. Die kleinen Pranken waren schon von winzigen Krallen geziert, und sein Schwanz endete in einer abgerundeten Spitze. Der Körper war glatt, ohne Schuppen und Zacken, nur auf der Spitze seiner Schnauze saß der Dorn, der bei der Befreiung aus der Schale geholfen hatte.

Erschöpft saß der Kleine vor Darena auf dem Tisch, während sie ihn mit Klängen streichelte. Dann fing er an, Pfote um Pfote auf sie zuzukriechen. Das geschwungene obere Ende der Harfe berührte vorne den Tisch, und mühsam aber entschlossen kletterte der kleine Drache hinauf.

Darenas hilfesuchende Blicke zur Alten wurden ignoriert. Sie wagte nicht, ihr Spiel zu beenden, unsicher, was dann geschehen würde. Als der Drache ganz auf der Harfenoberseite saß, wurden die Töne wie von selbst schwerer und dunkler. Er gähnte ein letztes Flämmchen aus, ließ den Kopf sinken, während sich Füße und Schwanz an den Körper der Harfe schmiegten. Und erstarrte. Darena erstarrte auch, und der letzte Ton verklang in die Stille.

»Gutes Mädchen! Du bist ein Naturtalent«, lobte die alte Frau mit einer kräftigen Stimme und stellte ihr eine kleine Schüssel mit wohlriechendem Brei vor die Nase. »Iss, du brauchst Kraft. Ihr zwei müsst euch erst mal zusammenraufen, wenn er wieder erwacht.«

»Ich verstehe nicht«, flüsterte Darena.

»Du wirst es schon lernen. Die Harfe und der Drache sind eins, und beide zusammen gehören dir an. Folge deinem Herzen, und alles wird sich fügen.« Mit diesen Worten wandte sie sich zur Tür und trat hinaus.

Darena saß sprachlos da. Sie wagte nicht, die Harfe abzustellen, und so hielt sie sie warm und sicher im Arm geborgen, während sie schnell den Brei hinunterschlang. Erst beim Essen merkte sie, wie hungrig sie war. Als sie fertig war, stand sie auf und stellte die Harfe vorsichtig ab. Sie nahm das rote Tuch vom Tisch, schüttelte die Eierschalen in die Kiste mit Feuerholz und wickelte die Drachenharfe hinein. Sie hatte keine Ahnung, was Drachen so fraßen, also füllte sie möglichst viel von dem nahrhaften Brei in einen verschließbaren Tonbehälter, den sie zwischen den Küchenutensilien fand, verstaute diesen und die in das Tuch eingeschlagene Harfe vorsichtig in ihrem Korb, schwang ihn sich auf den Rücken und machte sich auf den Heimweg. Sie mochte es sich einbilden, doch sie glaubte, in der Ferne das Lachen der Alten zu hören. Sie ignorierte es. Irgendwie würde sie schon mit dem Drachen zurechtkommen. Ohne ihr Zutun breitete sich ein kindlich frohes Lächeln auf ihren Lippen aus. Was für ein Abenteuer!

Ein neuer Morgen

Abbildung 1: Fotografie eines Gemäldes von Inge Horn

Feuertänzerinnen standen der aufgehenden Sonne zugewandt, die Augen geschlossen, die Gesichter erhoben; anmutige Freude lag darin. Sie erwarteten die Geburt eines neuen Morgens, die Geburt eines neuen Seins. Vor ihnen die Feuerstelle mit der noch glimmenden Asche des erstorbenen Gestern. Sie streckten die Arme aus, berührten sich, bildeten ein unerschütterliches Band.

Die abgewandten Vogelwächter warfen ihre Sinne aufmerksam in alle Richtungen. Sie träumten die Zukunft. Sie sahen mit glimmenden Herzen, die hofften, wieder zu loderndem Feuer entflammt zu werden.

Sie warteten. Langsam erhob sich die Sonne über den Rand der Hochebene, löste sich als tropfendes Gold vom

Horizont und strahlte gleißend auf die alte Feuerstelle. Knacken durchbrach die morgendliche Stille, und eine blaurote Flamme schoss aus der Asche senkrecht empor. Flammende Schwingen schlugen die Luft und wirbelten, von einem heiseren Krächzen begleitet, Nebel aus glitzernder Asche auf. Die Tänzerinnen wiegten sich im Takt, ihr Summen klärte sich zum hellen Ton der Feuerfreude. Kleine Flämmchen tanzten über Haare und Arme. Mit schützend ausgebreiteten Flügeln warfen die Vogelwächter ihren Treueschwur in die Welt hinaus. Der Phönix erhob sich. Sein loderndes Gefieder ließ die Sonne verblassen, sein glockenheller Ruf aus knisterndem Feuer entzündete die Herzen der Welt. Das neue Zeitalter hatte begonnen.

Adler und Moskito

Weit oben schwebe ich. Die Luftströmungen sind heute angenehm, sie fordern mir wenig Arbeit ab, um meine Kreise zu ziehen. Dennoch dauert es lange, bis ich eine vielversprechende Bewegung im Gras entdecke. Nur ein kleines Kaninchen, doch der Hunger ist groß, und so stürze ich aus der Sonne auf mein ahnungsloses Mahl hinab. Erwischt!

Zufrieden bleibe ich sitzen und gönne mir die ersten Bissen der warmen Eingeweide gleich vor Ort. Ein leichtes Summen lenkt mich ab. Ich kann keine Gefahr erkennen, doch vorsichtshalber trage ich meine Beute zu einem Felsvorsprung, um dort weiterzufressen.

»Du könntest einen Taxidienst einrichten. So schnell bin ich noch nie so weit gekommen«, surrt es plötzlich aus Richtung meines Halses.

Widerwillig schüttele ich den Kopf, und der Leckerbissen, den ich gerade verschlingen wollte, fliegt davon. Ärgerlich fauche ich – den Kopf halb gedreht – in Richtung des kleinen Piesackers, dessen Stich zu jucken anfängt. »Verschwinde, du lästige Mücke! Nerv mich nicht!«

Nach einem zufriedenen Rülpser, mehr ein Kieksen bei der winzigen Größe, kommt die unverschämte Antwort: »Du glaubst doch nicht, dass ich in angenehm sattem Zustand die weite Strecke selber zurückfliege, oder? Wozu habe ich denn dich?«

»Du hast mich nicht, und ich bin nicht dein Taxi! Hau ab! Du hast, was du wolltest, und ich habe noch Hunger. Wenn du nicht verschwindest, fresse ich dich gleich mit!«

»Shishishi!«, summt es fröhlich zurück. »Du erwischst mich gar nicht. Iss brav auf, damit dein Blut schön rot und würzig wird. Der nächste Hunger kommt bestimmt.«

Wütend schüttle ich den ganzen Körper, um den lästigen Gesellen loszuwerden, und schlage schließlich mit der Kralle, die das Kaninchen hält, nach meinem Hals.

»Arrgh!« Blut spritzt mir in die Augen, das Kaninchen fällt den weiten Weg zum Boden. Surrendes Gekicher summt um mich herum, und fast hätte ich auch noch selbst den Halt verloren. Wie kann dieses Mini-Viech es wagen! Mich, den Herrn der Lüfte, so in Verlegenheit zu bringen! Trotz heftigem Zwinkern kann ich das Blut nicht richtig aus den Augen entfernen, und die Wut macht mich rasend.

»Ich könnte dir ja anbieten, deine Augen zu reinigen. Ich komme da ran«, summt es ganz nah. »Aber nur, wenn du danach lieb bist und mich wieder runterbringst ... und mir vielleicht noch ein kleines bisschen Blut spendest nach der nächsten Mahlzeit. Ich mag es, wie unterschiedlich dein Blut schmeckt. Und so kraftvoll!«

Hmm, Schmeichelei! Aber sie wirkt. Mürrisch, aber doch erleichtert, stimme ich zu. Tatsächlich sehe ich bald wieder klar und bringe uns hinunter zu dem Kaninchen. Für unsere Mahlzeiten ist erst mal gesorgt.

Der vergessene Hut

Ich fasse es nicht. Er geht einfach und lässt mich hier hängen. Dabei haben wir schon so viele Schlechtwetterzeiten miteinander überstanden. Er redet und gestikuliert, und raus ist er zur Tür, in den Mondschein, der die Straße erleuchtet, und ich hänge hier im Halbdunkel vergessen herum. Nur diese alte Lederjacke da unter mir ist auch noch da. Die Gäste sind alle weg. Das Hauptlicht geht aus, und ich hänge hier.

»He, du!«

Ich zucke zusammen. Wer redet denn da mit mir?

»He, du alter Hut, hat er dich vergessen, hä?«

Ah, das ist die Jacke, wird mir jetzt klar. »Schaut so aus. Und wieso hängst du hier noch rum?«

»Ich gehöre dem Wirt. Der braucht jetzt noch 'ne halbe Stunde oder so, dann gehen wir heim.«

»Hat er dich schon mal hängen lassen?«

»Nee, er nicht. Aber mein vorheriger Besitzer. Der kam immer zum Saufen und Tratschen, bis sein Gehirn hohl war und er im Spätfrühling ohne mich heimgetorkelt ist. Ich bin zwar alt, aber der Wirt weiß mich zu schätzen und zieht seitdem mit mir rum, wenn er nicht arbeitet. Und du?«

»Er hat mich neu gekauft. Hat mich extra für seinen Kopf anfertigen lassen sogar. Jahre ist das her, da hatte er noch Geld. Jetzt ist alles weg, mit seiner Frau. Die hat ihn hängen lassen, wie er mich, aber er musste ihr noch Geld dafür zahlen. Jetzt säuft er wie ein Loch. Und mich hat er ganz vergessen. Was tue ich denn jetzt?«

»Wenn du so ein teurer Qualitätshut bist, wird dich der Wirt bestimmt auch schätzen. Wart nur ab. Bald kannst du wieder wen behüten. Wir werden viel Spaß miteinander habe. Der Wirt wandert gern. Da kommen wir in der Welt herum. Und wer weiß, vielleicht landen wir ja irgendwann noch ganz woanders, falls er uns auch mal hängen lässt. Man muss das als Chance sehen! Also, Krempe hoch und mutig voran, Freund Hut!«

Ich bin beeindruckt. Das scheint doch ein passender Kumpan für die Zukunft. Hoffnungsvoll sehe ich zur Theke, wo der Wirt noch putzt und aufräumt. Ein beeindruckender Schädel. Hoffentlich bin ich nicht zu klein für ihn.

Abwartend mache ich es mir auf dem Garderobenständer gemütlich und träume schon mal von meiner neuen Zukunft in fremden Ländern, die ich mit dem Wirt und der Lederjacke durchreisen werde.

Der unerwartete Brief

Der Brief wog leicht in ihrer Hand, aber etwas in ihr ahnte, dass der Inhalt schwer wiegen würde. Dieser Zweig der Familie wurde schon lange für tot gehalten – oder Schlimmeres. Doch nun hielt sie diesen Brief in der Hand.

Das Papier war eierschalenfarben, die Oberfläche uneben. Es sah edel aus, obwohl es so dünn war. Die Schrift war gestochen scharf, gleichmäßig, leicht nach rechts geneigt, so als müsse die Schreiberin ihre Ungeduld bezähmen, schnell voranzukommen. Blaue Tinte. Die Briefmarke zeigte ein Gebäude. Als Absender war nur der Name genannt, keine Anschrift.

Elaine setzte sich an den blank gescheuerten Küchentisch und hielt den Brief vor sich. Dann nahm sie das noch unbenutzte Messer aus der Schale mit Obst und schlitzte den Umschlag auf. Der Inhalt bestand aus drei dünnen, schmal zusammengefalteten Bögen Papier, die dicht beschrieben waren. Einen Moment starrte sie wie blind auf die Zeilen, dann fokussierte sie den Blick und begann zu lesen:

Mein liebes Kind,
ich hoffe, Du nimmst es mir nicht übel, dass ich Dich so nenne, auch wenn Du mich noch nie gesehen hast. Ich hingegen habe Dich immer wieder einmal beobachtet. Unauffälligkeit ist einer der Vorzüge meiner Art.
Ich bin Amalia Thundergest, zumindest lebe ich jetzt unter diesem Namen. In der Familie spricht man über mich unter dem Namen Amanda Donner. Das schwarze Schaf – oder

sollte ich sagen, der Wolf im Schafspelz? – der Familie. Was Du wohl über mich gehört hast? Egal was, Du wirst davon ausgegangen sein, dass ich inzwischen längst tot bin – egal wie mein Leben verlaufen sein mag. Oder hast Du gar nie von mir gehört?

Noch ist mein Leben nicht zu Ende. Doch es wird nicht mehr lange dauern. Aus diesem Grund hältst Du meinen Brief in Händen. Ich halte nichts von Enthüllungen nach dem Tod. Ich ziehe es vor, Dir noch einmal ins Gesicht zu sehen, bevor ich diese Welt endgültig verlasse. Und ich hoffe sehr, dass Du meine Einladung annehmen wirst. Meine Adresse findest Du am Ende des Briefes. Morgen wird ein weiterer Bote Dir das Ticket und die Reiseanweisungen zu meinem Anwesen bringen.

Kommst Du?

Du bist von meinem alten Blut, und ich gebe Dir mein Wort, dass Dir durch mich und die Meinen kein Leid widerfahren wird. Macht Dir das mehr Angst, als Dich zu beruhigen? Die Familie meines neuen Blutes ist sehr neugierig auf Dich. Bist Du bereit, sie kennenzulernen?

Bei meinem Anwalt liegt ein weiterer Brief – schon seit Jahren –, der Dir alles erklären wird, solltest Du Dich gegen einen Besuch bei mir entscheiden. Doch ich hege die Hoffnung, dass Du wahrhaft von meinem alten Blut bist, abenteuerlustig und neugierig genug, es zu wagen.

Ich warte auf Dich. Ich werde auf Dich warten bis zu meinem letzten Moment.

Im Namen des alten und des neuen Blutes meiner Familie: Du bist mein Blut.

Ich umarme Dich herzlich in Gedanken und in der Hoffnung, es bald wahrhaftig tun zu können. Sei mutig!
Deine Ururgroßtante Amanda, jetzt Amalia Thundergest

Das letzte Blatt entglitt ihren Fingern und sank sanft auf die Tischplatte. Sie hatte das Gefühl, etwas schnüre ihr die Luft zum Atmen ab, dann wurde ihr klar, dass sie den Atem zu lange angehalten hatte. Sie atmete tief durch und schloss die Augen. Es war alles wahr. Es waren keinen fantastischen Lügenmärchen oder Gerüchte gewesen. Amanda hätte nach normalem Menschenalter schon seit etwa 50 Jahren tot sein sollen. Wenn sie tatsächlich noch lebte, dann war sie jetzt ungefähr 130 Jahre alt. Wenn man bei Vampiren von »leben« sprechen konnte, dachte sie in einem Anflug von Sarkasmus.

Es klingelte an der Tür. Das war wohl der Bote mit dem Ticket. Sie blieb noch einen Moment sitzen und überlegte, ob sie einfach nicht reagieren sollte. Dann stand sie auf und öffnete ihrer ungewissen Zukunft Tür und Tor.

Das Vogelmädchen

Abbildung 2: Fotografie eines Gemäldes von Inge Horn

Es war einmal eine kleine, rote Taube. Die war sehr traurig, denn all ihre Artgenossen lachten sie immer aus.
»Schaut nur, wie sie sich schämt, ist schon ganz rot geworden«, gurrten sie boshaft.

»Was soll nur aus dir werden?«, gurrte die Taubenmutter besorgt und sah erleichtert zu ihren anderen Taubentöchtern, die alle im schönsten grauen Einerlei gefiedert waren. Sie waren wie alle anderen, so schön unauffällig und angepasst.

An einem Tag, an dem die Gehässigkeiten wieder mal kein Ende nahmen, flog die kleine Taube enttäuscht weg, versteckte sich in einem dicken Busch und steckte ihren Kopf unter ihr ach so hässliches rotes Gefieder. Was sollte nur werden?

Sie war eingeschlafen und schrak plötzlich auf, als Lachen und Quietschen nicht weit vom Busch entfernt ertönte. Langsam rutschte sie durch die dichten Zweige und Blätter an den Rand ihrs Verstecks und äugte vorsichtig hinaus. Auf dieser Seite des Gebüschs erstreckte sich eine Wiese voller Blüten in allen Farben des Regenbogens, und am anderen Ende blitzte ein großes Gebäude hell im Licht der Sonne. Nicht weit von ihrem Versteck standen drei Menschenmädchen. Eine in einem blauen Kleid voller Rüschen und Spitzen, eine in einem gelben Kleid mit glitzernd goldenen Verzierungen, und die dritte war ganz in Rot gekleidet. Doch es war kein Kleid, das sie trug. Sie trug eine Hose, ein Hemd und einen weitschwingenden Umhang. Alles im hässlichsten roten Rot, das die kleine Taube je gesehen hatte. Ein Rot wie ihr eigenes Gefieder.

Das rote Mädchen hatte die Hände auf die Hüften gestützt. Sie wirkte wütend und auch ein bisschen traurig, dachte die kleine Taube.

»Ihr habt keine Ahnung«, sagte es jetzt mit kalter, wütender Stimme, doch die kleine Taube hörte das Weinen, das sich darunter verbarg. »Das ist viel praktischer als eure weiten Kleider mit den tausend Unterröcken!«

Die beiden anderen lachten wieder quietschend, wobei sie mit dem Finger auf das rote Mädchen zeigten. Dann drehten sie ihr lange Nasen und liefen über die Wiese davon, immer wieder in hämisches Lachen ausbrechend.

Das Mädchen ließ die Arme herabhängen und senkte den Kopf. Sie schluckte.

Der kleinen Taube entfuhr ein mitfühlendes Gurren, dann erstarrte sie vor Schreck, als das Mädchen aufblickte und sie direkt ansah. Einen Augenblick starrten sie sich mit weit aufgerissen erschrockenen Augen an.

»Hallo du", flüsterte das Mädchen dann, trat vorsichtig näher und ging vor der Taube im Busch in die Hocke. »Bist du auch allein?«

Die kleine rote Taube kauerte sich ängstlich nieder, doch als das Mädchen ruhig hocken blieb, hopste sie noch weiter an den Rand des Busches bis auf die dünnsten Zweige, die sie noch trugen.

»Du bist rot!«, entfuhr es dem Mädchen überrascht, und die kleine Taube senkte wieder einmal enttäuscht den Kopf. »Nein, nein, sei nicht traurig, wir sind uns doch gleich«, flüsterte das Mädchen. Zärtlich umschloss es die kleine Taube mit beiden Händen.

»Gurruh«, machte diese. »Sie mögen mich nicht. Ich bin nicht wie die anderen.«

Das Mädchen nickte. »Mich mögen sie auch nicht«, sagte sie leise, und dann, nach einer Pause: »Wollen wir zusammen in die Welt ziehen? Irgendwo gibt es bestimmt Menschen und Tauben, die uns so nehmen, wie wir sind.«

Die Taube legte nachdenklich das Köpfchen auf eine Seite, betrachtete den langen, braunroten Zopf, der dem Mädchen im roten Gewand über die Schulter hing. Sie fühlte sich wohl in ihren Händen. »Gurruh«, stimmte sie dann zu. »Setz mich auf deinen Kopf. Ich will dich auf unserem Weg vor der Sonne behüten, vor Regen schützen und immer alles im Blick haben, was uns begegnet. Gurruh«, beschloss sie jubilierend ihr Versprechen.

Das Mädchen küsste sie auf den Schnabel, lachte glücklich auf und setzte sich die kleine rote Taube wie einen Hut auf den Kopf. Voller Hoffnung traten sie den Weg in ihre gemeinsame Zukunft an.

Eine erschütternde Initiation

Janila war aufgeregt. Dies war ihre Initiation. Ihre Prüfung. Der wichtigste Tag in ihrem Leben. Sie konnte es kaum glauben. Konnte es gar nicht erwarten. Sie war bereit. Sie hatte alles gelernt, tausendmal geübt. Immer wieder war ihr versichert worden, sie habe großes Potenzial und vor ihr liege eine große Zukunft im Kreis der weisen Frauen und Meister. Ihre Fähigkeit, Energie zu manipulieren überstieg bereits das Können einiger Meister.

Janila lief als eine von drei Prüflingen inmitten der kleinen Prozession, die sich in der Dämmerung mit Fackeln zum Zentrum ihres spirituellen Lebens bewegte. Bisher hatte sie den Ort nur von außen gesehen, wenn sie Rituale zu Übungszwecken beobachten durften, zuletzt als ihnen der Weg der Prozession erklärt worden war und wo sie sich für den Test der Macht aufstellen sollten. Sie schloss die Augen und spürte den Fluss der Energie in sich und die Verbindung zu den anderen. Dann waren sie im Kreis der tanzenden Steine angekommen.

Die Meister und weisen Frauen stellten sich um die drei Prüflinge auf. Sie schlossen den Kreis der Energie, dann begann die Prüfung.

Die Erste musste Feuer entzünden mit der Kraft ihrer Gedanken und die Flamme zu den Fackeln schicken, die beim Betreten des Steinkreises erloschen waren. Sie zauderte nur kurz, dann loderte Feuer in der Feuerstelle zwischen ihnen auf, und die Flammen hüpften von ihr zu den Fackelspitzen. Die Energie im Kreis wuchs zustimmend.

Die Zweite sollte mit der Kraft ihrer Magie die mitgebrachten Steine zu einem kleinen Turm im Zentrum des Menschenkreises stapeln, sodass sie die ganze Nacht hindurch halten würden. Sechs Steine schichtete sie in fließender Eleganz aufeinander, der siebte erhob sich nur zögernd, dann fiel er schwer auf die Erde zurück. Wieder taumelte er etwas nach oben, als sie nochmals all ihre Kräfte mobilisierte. Ohne nachzudenken, griff Janila helfend ein und sandte ihre Energie unterstützend in das andere Mädchen, der Stein schwang hoch und ließ sich endlich als Spitze auf dem Steinstapel nieder.

Geistiges Gemurmel störte den Fluss der Energie, so wie sie selbst das Prüfungsritual gestört hatte. Ihre Hilfe war verboten. Die Älteste brachte alle mit einem scharfen geistigen Befehl zur Ruhe.

Jetzt war es an Janila. Ihre Prüfung. Sie sollte die Energie des Menschenkreises mit der Energie des Steinkreises verbinden, die Steine zum Leuchten bringen. Vorsichtig begann sie, das Netz zu knüpfen, die hellblaue Energie des einen mit der rötlichen der anderen zu verbinden, die grüne der Ältesten hineinzuweben, bis alle Energie der anwesenden Menschen miteinander verbunden war. Ein Strahlen schien in ihr zu entstehen, während sie das Netz knüpfte. Nach einem tiefen Atemzug zur Erholung erweiterte sie dann ihre Sinne und band die Steine des Kreises ein – einen nach dem anderen, bis die Energie in einem strahlend weißen Leuchten durch sie floss.

Sie schloss die Augen, erhob die Arme und drehte sich um sich selbst. Alle sollten mit ihr tanzen vor Freude. Die

Steine fingen an zu glimmen, erst gelblich, dann rötlich, dann blau, bis alle Farben des Regenbogens um sie schillerten. Am Ende erstrahlten sie im reinsten Weiß.

»Das genügt!«, sagte eine leicht raue Stimme mit etwas aufgeregtem Unterton. Es war die Älteste.

»Hör auf! Sofort!« Dies vom höchsten der Meister.

Janila strahlte. Ihr Gesicht strahlte. Ihre Person strahlte. Ihr ganzes Ich strahlte. Sie badete darin, genoss es, flog darauf wie von Schwingen getragen. Sie hörte nicht.

Ein lautes Knacken zerriss die Stille, dann noch eins. Jemand schrie auf. Die zwei anderen Prüflinge kauerten nieder und warfen die Arme schützend über ihre Köpfe. Die Meister und weisen Frauen fingen an, Gegensprüche zu murmeln. Noch ein Knacken. Der erste Deckstein fiel. Janila tanzte weiter im Leuchten der Energie. Der Steinkreis zerbrach.

Janila erwachte aus ihrer Trance. Langsam öffnete sie ihre Augen, und das Verstehen der Erschütterung, der Katastrophe um sie herum, breitete sich in ihr aus. Sie ließ die Arme sinken. Sah die Älteste an, die entsetzt auf die gefallenen Steine starrte. »Entschuldigung«, sagte Janila, und ihr Blick wanderte ebenfalls über den zerbrochenen Steinkreis, während die Energie in ihr weiter tanzte.

Die Älteste wandte sich ihr zu, und Janila richtete sich ein bisschen mehr auf, sah sie direkt an, bereit für ihre Strafe. »Du bist die Hüterin der neuen Zeit«, sagte die Älteste fassungslos.

»Die Hüterin der neuen Zeit – die Hüterin der neuen Zeit«, murmelten die Meister, und die zerbrochenen Steine schienen es zu summen.

Janila spürte, wie die Energie in ihr sich beruhigte, sich zusammenzog, sich in ihre Mitte zurückzog und dann ... einschlief. Alle starrten sie an, manche mit Ärger, manche mit Erstaunen, alle mit unterschwelliger Furcht. Sie legte eine Hand auf ihren Nabel, wo sie die schlafende Energie spürte, und sah wieder auf die zerbrochenen Steine, dann verließ sie den Kreis der Ältesten ohne ein Wort und ging hinaus in die Nacht. Die Stille ging mit ihr.

Stein in die Vergangenheit

Es war wohl einst ein großer Stein gewesen. Jetzt war es nur noch ein Bruchstück, mit vom Wetter abgeschliffenen Kanten. Die Jahreszahl 1541 war eindeutig zu erkennen, obwohl von der vorderen Ziffer die untere Hälfte fehlte und die hintere nur zu erahnen war. Lisa nahm den Stein in die Hand. Ein Andenken, dachte sie mit einem erfreuten Lächeln, vielleicht ein Mitbringsel für jemanden. Dann wurde es schwarz um sie.

Als sie langsam wieder zu sich kam, pochte ein heftiger Schmerz in ihrem Kopf. Sie wurde überflutet vom Gestank nach Mist und ungewaschenen Körpern, und der Lärm von klirrenden Waffen, grunzenden Schweinen und rufenden, grollenden und lachenden Menschen rollte über sie hinweg. Sie rappelte sich langsam hoch, starrte auf den ekelhaften Dreck, der an ihrer linken Hand haftete, mit der sie sich abgestützt hatte, und als sie den Blick hob, starrte sie in die finster blickenden Augen eines kräftigen Mannes, der ein Schwert fest in der rechten Hand hielt. Sie schluckte und wollte sich abwenden.

»Halt!«

Der Ruf war barsch. Lisa erstarrte.

»Ist das eine Hexe, Herr?«, fragte eine knabenhafte Stimme.

Als sie den Kopf leicht nach links wandte, sah sie einen vielleicht acht Jahre alten Jungen, der sie mit großen Augen und offenem Mund anstarrte. Wo war sie da nur hingeraten? Sie öffnete und schloss die Hände, erinnerte sich an den Stein, doch der war weg.

»Da lang!« Der Mann wies mit dem Schwert zum Eingang eines Gebäudes. Mit schweren Schritten schlich sie darauf zu. Kurz bevor sie das Gebäude betrat, fiel ihr Blick auf die Mauersteine oberhalb des Tores: 1541.

Die Zauberflöte

Ein verlorener Ton pfiff aus einer dunklen Ecke der vollgestopften Garage. Das Mädchen unter der offenen Garagentür trat einen Schritt zurück. War das ein Geist? Stille. Sie spähte in das Dunkel, in dem die noch dunkleren Schatten von Möbeln, Eisengestellen und Undefinierbarem zu wabern schienen.

Es war ein grauer, feuchter Tag, und sie war der Aufforderung ihrer Großmutter, an die frische Luft zu gehen, nur widerwillig gefolgt. Die Garage war ihr als ein guter Platz erschienen, die Zeit zu vertrödeln, bis sie wieder ins Haus durfte. Aber ein Geist? Sie schüttelte den Kopf. Nein, sie glaubte nicht an Geister. Sie war jetzt fast zehn und wusste, dass die nur in Büchern und Filmen vorkamen.

Sie gab sich innerlich einen Ruck und trat weiter in die Garage, bis sie ganz im Dunkel der Schatten stand, die Hand an einen alten Holzschrank gelegt, dessen Oberfläche sich staubig anfühlte. Sie spähte wieder in die Finsternis. Und keuchte leise auf, als der verlorene Pfeifton sich wiederholte. Das klang wie »Hilfe«, fand sie. Sie schauderte und wollte sich umdrehen und wegrennen, aber sie bewegte sich nicht von der Stelle.

»Hol mich, ach hol mich ans Licht.«

Das Mädchen zwinkerte. Ohne es entschieden zu haben, bewegte es sich tiefer hinein, stieß gegen Ecken, stolperte über herumliegenden Krimskrams. »Wo bist du?«, flüsterte sie zögernd vor Angst ins Dunkel, unsicher, ob sie wirklich eine Antwort wollte.

»Ach bitte«, pfiff es traurig und hoffnungsvoll zugleich.

Das Mädchen kletterte über eine alte Couch, quetschte sich zwischen zwei Tischen durch und konnte in der hintersten Ecke, in der es gelandet war, fast nichts mehr sehen. Ihre Hände glitten über staubige Oberflächen, schüttelten Spinnweben von ihren Fingerspitzen. »Wo?«, flüsterte sie.

»Hier, tiefer, hier unten.«

Das Mädchen kniete sich hin und tastete unter dem Schränkchen in der Ecke, das auf hohen Beinen stand. Ihre Fingerspitzen stießen gegen etwas.

»Jaaa...« Ein zufriedenes Seufzen sang aus der dunklen Ecke.

Das Mädchen kauerte sich noch tiefer und angelte mit der rechten Hand, bis es einen kleinen Kasten aus glattem Holz zu fassen bekam und hervorzog.

»Bitte, hol mich raus!«, flötete es zärtlich aus dem Kästchen.

Das Mädchen tastete es ab, bis es einen Riegel fand, klappte ihn hoch, holte nochmals tief Atem und klappte den Deckel auf. Diffuses Licht schimmerte ihr entgegen, in allen Farben des Regenbogens.

»Oh!«, hauchte sie.

Auf dunklem Stoff lag eine Flöte aus hellbraun schimmerndem Holz. Töne seufzten daraus hervor und ließen das Regenbogenlicht, das sie verbreitete, im Einklang schwingen.

»Eine Flöte«, sagte das Mädchen. »Wieso kannst du sprechen?«

»Nur du hörst mich. So lange Zeit hat mich keiner gehört!« Die Flöte klang wieder traurig.

»Darf ich?« Die Finger des Mädchens berührten sie fast, doch sie wagte nicht, die letzten Millimeter zu überwinden.

»Spiel mich, halt mich, lieb mich«, sang die Flöte.

Vorsichtig nahm das Mädchen sie in beide Hände, strich dann mit den Fingern der linken Hand liebkosend über das glatte Holz. Dann setzte sie die Flöte an die Lippen, vergaß, dass sie nie gelernt hatte, ein Instrument zu spielen, vergaß, dass alle ihr sagten, sie sei unmusikalisch, und blies vorsichtig ihren Atem hinein. Eine Melodie schwang sich in die Finsternis der Garage, die Regenbogenlichter der Flöte verdrängten die Dunkelheit zunehmend, und die Stimme ihrer Großmutter sagte vom offenen Garagentor her: »Na endlich, mein Schatz. Ich dachte schon, du würdest sie nie suchen.«

Der Spiegel

Sie blieb wieder zurück in ihrer grauen Nicht-Existenz.

Das Licht auf der anderen Seite war ausgegangen, nur das Rauschen des Entlüftungssystems drang noch zu ihr. Gleich würde sich ihr Bewusstsein wieder in dem grauen Nichts auflösen, das wusste sie inzwischen. Im Lauf der Jahre war es ihr gelungen, gewisse Erkenntnisse durch das Grau der Nicht-Existenz zu retten. Wie das funktionierte, war ihr nicht klar, doch sie war dankbar dafür – meistens. Manchmal allerdings wünschte sie sich das gleichgültige Nicht-Wissen ihrer Nicht-Existenz auch für die bewussten Zeiten zurück. Jetzt fragte sie sich wieder einmal, was die Frau auf der anderen Seite tat, nachdem sie den Bereich vor dem Spiegel verlassen und ihr das Licht genommen hatte. Ob deren graues Nichts außerhalb der Öffnung lag, die sie immer durchschritt, wenn sie sich von ihr abwandte?

Blink. Graues Nichts. Nicht-Existenz ...

Das Licht ging an, und sie sprang von Nicht-Existenz zu Existenz mit dem Umlegen des Schalters, den ihr Gegenüber gerade betätigt hatte. Sie tat, wozu sie da war: spiegelte jede Bewegung, jedes Muskelzucken, jeden forschenden Blick, den ihr Alter Ego ihr zuwarf. Sie hatte den Versuch, in einen wirklichen Austausch mit ihr zu treten, schon lange aufgegeben. Die auf der anderen Seite sah nur sich selbst. Sie berührte sich selbst, strich über die Haut ihres Gesichts, kämmte sich die Haare, putzte sich die Zähne. Manchmal schnitt sie Grimassen, doch die Frau im Spiegel wusste, dass diese nicht ihr galten. Nicht wirklich. Die andere glaubte, allein zu sein, sah nur sich selbst.

Traurig ging die Frau im Spiegel ihrer Aufgabe nach. Traurig, nicht nur für sich selbst, über ihre Unfähigkeit, wirklichen Kontakt mit der anderen Seite herzustellen. Sie war auch traurig für die andere, die viele schöne Facetten ihres Selbst nicht klar erkannte, obwohl sie sich immer sehr bemühte, deren Aufmerksamkeit von den ungeliebten Details wegzulenken und ihr stattdessen die Vollendung des Gesamteindrucks zu spiegeln. Die andere verlor sich fast immer in kleinen Unzufriedenheiten.

Blink. Graues Nichts. Nicht-Existenz ...

Die Nicht-Existenz der Frau hinter dem Spiegel versank in noch dunklerem Grau. Ein Gedankenblitz: Kam die andere diesmal nicht wieder?

Blink. Graues Nichts. Nicht-Existenz ...

Das Licht ging an, und überrascht bemerkte sie diesmal andere Frauen hinter anderen Spiegeln neben sich. Die Seite vor den Spiegeln war diesmal viel geräumiger, aber auch viel steriler als sonst. Es waren drei Frauen auf der anderen Seite. Sie versuchte mit den beiden neben sich zu sprechen, während sie ihr Alter Ego spiegelte, doch sie waren nicht aufnahmebereit. Leer und grau waren sie. Sie kämpften nicht gegen die graue Leere. Sie spiegelten einfach.

Sie hatte es satt! Sie wandte sich von ihrem Gegenüber ab, hörte auf zu spiegeln, schrie die beiden anderen an: »Ignoriert mich nicht! Ich bin jemand! Ich denke! Ich fühle! Ich will Kontakt! Ich will nicht mehr allein sein.«

Die beiden starrten unbewegt vor sich hin: auf ihr jeweiliges Alter Ego.

Die Frau hinter dem Spiegel wandte sich wieder der Frau ihr gegenüber zu. Die Frauen neben ihrem Alter Ego starrten sie direkt an. Langsam hob sie die Hand und legte sie auf die Membran zwischen den Welten. Ihr Gegenüber blickte sie aus großen Augen an, dann hob auch sie eine Hand – die andere, nicht die Spiegelhand – und legte sie von der anderen Seite auf die Membran. Die Frau hinter dem Spiegel fühlte, wie Wärme in ihre Finger und Handfläche floss, sie schloss die Augen in stillem Glück. Sie hatte Kontakt.

Blink. Graues Nichts. Nicht-Existenz …

Der Kleinwagen und die Limousine

Der kleine Fiat fuhr schnell die große Straße entlang, seine Fahrerin sah eine passende Parklücke vor der teuren Boutique, in der sie sich ein schickes Kleid kaufen wollte, und ruckzuck hatten sie eingeparkt. Sie sprang schnell aus dem Wagen, und der kleine Fiat schüttelte sich kurz stolz und richtete es sich bequem in der winzigen Parklücke ein. Nach einer Weile fing er an, die großen Schlitten zu begutachten, die vor und hinter ihm parkten.

»Hi«, sagte er zu dem 7er BMW, der vor ihm stand. »Wie geht es denn so?«

Er bekam nicht einmal ein Brummen zur Antwort.

»Grober Klotz«, brummelte der kleine Fiat in seinen nicht vorhandenen Bart.

»Was willst du denn hier, du Klapperkiste. Hat sich deine Fahrerin verirrt? Soll ich dich ein bisschen zusammenquetschen?«, versetzte ihm der dicke Mercedes, der hinter ihm stand.

Dem Fiat wurde etwas mulmig zumute. Wenn die beiden ihm auf die Pelle rückten, dann hatte er keine Chance. »Bloß weil ich ein günstiges Fahrzeug bin – und dazu umweltfreundlich –, heißt ja nicht, dass meine Eigentümerin sich nicht teure Klamotten leisten kann«, gab er zur Antwort und murmelte »eingebildeter Fatzke« in sich hinein.

Der Mercedes grollte ihn bedrohlich an. Kam er schon näher? Der Fiat beobachtete ihn genau in den Spiegeln, aber vermutlich bildete er sich das nur ein. Jetzt sprach auch der BMW vor ihm, aber nur mit dem Mercedes. Sie ließen sich gehässig über ihn aus und machten ihn lächerlich. Der kleine Fiat machte sich noch kleiner und hoffte, dass seine Fahrerin schnell zurückkam. Er hatte Angst und fühlte sich unwohl zwischen diesen arroganten Großprotzen, die aber leider stärker waren als er.

Auf einmal fiel ein Schatten auf ihn. Neben ihm hielt eine überlange Limousine, weiß, strahlend auf Glanz poliert, verdunkelte Scheiben, schnurrender Motor. Der Fahrer schaltete die Zündung aus, obwohl er in zweiter Reihe stand, verließ den Wagen und öffnete die Tür, die sich direkt neben dem Fiat befand. Eine elegante ältere Frau stieg gelassen aus, wechselte noch ein paar Worte mit dem Fahrer und ging zwischen Fiat und BMW hindurch Richtung Boutique.

Der Fiat starrte sie an. Wow! Sie war bestimmt schon hoch in den Sechzigern, aber was für eine Frau. Sie warf ihm im Vorbeigehen einen Blick zu, und er glaubte, ein kleines Lächeln auf ihren Lippen zu sehen. Bestimmt nur Einbildung. Traurig wartete er darauf, dass die beiden Großprotze vor und hinter ihm ihre boshafte Unterhaltung fortführten. Die Ankunft der Limousine hatte ihnen kurz die Sprache verschlagen. Die würde wahrscheinlich noch schlimmer sein.

»Haltet die Klappe, ihr Banausen!«, befahl die Limousine überraschenderweise mit ruhiger Stimme. »Ihr fetten Diesel- und Benzinschlucker habt keine Veranlassung, so stolz auf euch zu sein. Der Kleine da, der ist schnell, wendig und verbraucht wenig. Das perfekte Auto für die Stadt.«

Der Mercedes wollte heftig aufbegehren, aber da kam seine Fahrerin zurück und rangierte fluchend mehrmals hin und her, bevor sie es endlich aus der Lücke und um die Limousine herum auf die Straße geschafft hatte. Die Limousine stand einfach hoheitsvoll da und ignorierte die Probleme des unhandlichen Mercedes.

Der Fiat kicherte ein bisschen vor sich hin. Der BMW war dabei, seine eigenen Vorteile aufzuzählen und sich wichtig zu machen. Die Limousine ignorierte ihn und fragte den Fiat: »Fährt dich eine Frau?«

»J... ja«, stotterte der Kleine völlig von den Socken, dass sie sich herabließ mit ihm zu sprechen.

»Dann ist sie wohl auch in der Boutique.«

»Sie ... sie hat ihre Promotionsfeier und braucht ein schickes Kleid dazu. Was Gutes, damit sie Eindruck bei den richtigen Leuten machen kann, sagt sie.«

»Da ist sie hier richtig«, bestätigte die Limousine. »Meine Madam kauft auch immer hier, wenn sie etwas Besonderes braucht. Du wirst ihr gefallen haben. Als sie noch jung war, da fuhr sie einen deiner Vorgänger. Sie schwärmt heute noch von der Freiheit und der Fahrfreude, die sie damit hatte. Mich zu fahren kommt natürlich für sie nicht in Frage. Das würde den falschen Eindruck hervorrufen. Aber ihre Erzählungen lassen mich manchmal richtig neidisch werden auf das, was ihr Kleinen so alles für Möglichkeiten habt. Da kann ich nicht mithalten.«

»Oh«, machte der kleine Fiat überlegend. Er wollte gern auch etwas Nettes über die Limousine sagen, ohne zu einschmeichelnd zu wirken. »Und ich beneide dich darum, dass du dir so problemlos Respekt verschaffen kannst. Mich nehmen die großen Wagen nie ernst – außer dir natürlich«, beeilte er sich hinzuzufügen.

In diesem Moment kamen seine Fahrerin und die elegante Dame zusammen aus der Boutique. Seine Fahrerin bedankte sich noch mal für einen guten Ratschlag, bewunderte die Limousine und wollte schon in den kleinen Fiat einsteigen, als die alte Dame fragte: »Dürfte ich Sie wohl um einen großen Gefallen bitten?«

Seine Fahrerin wandte sich ihr wieder zu. »Gern, aber was könnte ich Ihnen schon geben, was Sie nicht haben?«

»Ich würde so gerne noch einmal mit einem Fiat fahren – selbst, meine ich«, sagte die elegante Dame.

Seine Fahrerin stotterte etwas herum, dann sagte sie etwas gezwungen: »Selbstverständlich.«

Die elegante Dame klemmte sich mit ein wenig Mühe hinter sein Lenkrad, die Limousine gab den Weg frei (seine Fahrerin hatte für die Zeit in ihr Platz nehmen dürfen), und dann brauste die elegante Dame mit dem kleinen Fiat forsch aus der Parklücke und in den regen Stadtverkehr.

Es wurde eine aufregende und abwechslungsreiche Fahrt, aber das ist eine andere Geschichte.

Das Märchen von Hitze und Hunger

Es war einmal vor langer Zeit in einem fernen Land. Dort regierte die Hitze und überzog alle Orte, Felder und Wälder mit Sonnenschein und gewittriger Schwüle. Die meisten Bewohner des Landes genossen die Wärme und sonnten sich in der immerwährenden Glut ihres Feuers.

Doch die Hitze kannte keine Variation und brannte immer heißer. Bald fingen auch die größten Sonnenanbeter an zu stöhnen und zur Hitze zu beten, sie möge doch Regen und Kühle schicken. Doch die Hitze kannte kein Erbarmen. Sie brannte die Wälder und Wiesen braun, ließ die Menschen zu faltigen, ausgetrockneten Wesen zusammenschrumpfen.

Die Hitze fühlte sich einsam in ihrem Palast, und so sandte sie aus nach einem passenden Partner, der mit ihr das Land regieren sollte. Hunger folgte ihrem Ruf und zog übers Land zum Palast der Hitze. Es war Liebe auf den ersten Blick, und sie vermählten sich mit unbotmäßiger Schnelligkeit. Die Menschen und das Land kauerten ohne Hoffnung unter der harten Herrschaft von Hitze und Hunger, die in ihrem Palast Orgien feierten.

Die Anführer der Nachbarländer sahen mit finsteren Mienen, wie Hitze und Hunger machtgierig über die Landesgrenzen drängten. Die ewig streitenden Herrscher fanden endlich ein gemeinsames Ziel: Hitze und Hunger mussten entthront werden. Und so rauften sie sich zusammen: Kälte und Völlerei, Nässe und Hoffnung, Liebe und Hass und wie sie alle hießen. Sie schickten Spione ins Land von Hitze und Hunger, und vor allem die Spione der Hoffnung fanden viele Helfer für den Kampf. Am vereinbarten Tag verbargen sich die abgemagerten, ausgetrockneten Menschen im Land von Hitze und Hunger in tiefen Höhlen und Kellern. Sie waren gerüstet mit trockenem Holz und warteten.

Und die Herrscher der Nachbarländer fielen ein: Kälte stieß von Norden vor und frostete alles, was ihr in den Weg kam, bis sie vor dem Palast von Hitze und Hunger stand. Nässe flutete von Westen ins Land und tränkte alles bis zu den tiefsten Wurzeln. Hoffnung erhob sich in die Luft und flog übers Land.

Die Menschen zündeten Feuer an und genossen zum ersten Mal seit Langem tröstende Wärme. Liebe kam vom Süden und nährte alle Menschen. Völlerei schlich in ihrem Schatten ins Land. Hass eroberte den Palast von Hitze und Hunger und schlug solange auf die beiden ein, bis sie sich in viele Teile geborsten in alle Welt zerstreuten.

Und Hoffnung zog ein in den Palast, reinigte ihn und überzog das Land mit ihrem sanften Licht.

Die anderen Herrscher zogen sich in ihre Länder zurück, um wie gehabt miteinander im Streit zu liegen. Sie fielen in das eine oder andere Land ein, wurden wieder vertrieben, kehrten zurück. Und im Wechselspiel ihrer ewigen Balance lebten die Menschen: zufrieden, unzufrieden, hungrig, satt, schwitzend und frierend, doch immer mit der Hoffnung auf Veränderung.

Und wenn die Welt nicht untergegangen ist, dann treiben sie es heut noch so.

Andrea und das Eichhörnchen

Andrea lief durch ein kleines Wäldchen. Sie wollte zum Café auf der anderen Seite und nutzte die Gelegenheit für einen kleinen Spaziergang. Sie war in Gedanken versunken. »Autsch!«, rief sie plötzlich aus. Irgendetwas war ihr auf den Kopf gefallen. Sie sah nach oben und hörte ein Keckern. Dann huschte ein schwarzes Eichhörnchen den Ast des großen Kastanienbaums entlang, unter dem Andrea gerade stand, und setzte sich nahe dem dicken Stamm hin, um zu ihr hinunter zu spähen.

»Du spinnst wohl!«, beschwerte sich Andrea. »Das hat wehgetan!«

»Irgendwie musste ich ja deine Aufmerksamkeit erregen. Sonst hörst und siehst du ja nix!«

Andrea trat einen Schritt zurück. »Okay, leichte Gehirnerschütterung, Halluzinationen«, sagte sie mehr zu sich als an das Eichhörnchen gewandt.

»Nimm die Kastanien auf, du wirst sie brauchen«, wies das Schwarze sie an und zuckte mit seinem buschigen Schwanz herum.

»Was willst du von mir?«, fragte Andrea.

»Ist das schon die erste der Fragen, die du frei hast?«

»Das hängt davon ab, wie viele ich frei habe«, erwiderte sie mit einem Grinsen.

Das Eichhörnchen keckerte wieder. Andrea war froh, dass es anscheinend Humor hatte.

»Na ja, ein paar schon. Genau weiß ich das noch nicht.«

»Also gut«, sagte Andrea. »Warum hast du mir die Kastanien an den Kopf geschmissen ... samt Zweig ... und Blatt?«, setzte sie hinzu, als sie den Ast mitsamt seinen Anhängseln aufhob.

»Du musst einen neuen Weg einschlagen, und dafür musste ich dich erst mal auf deinem bisherigen stoppen«, erwiderte das Eichhörnchen.

Andrea biss sich auf die Lippen. Die Antwort war – wie nicht anders zu erwarten – nicht sehr erhellend.

»Und wie können mir die Kastanien ... und der Zweig ... und das Blatt dabei nützen?«

»Ach, der Zweig war einfach zu schwach für mein Gewicht und brach ab, als ich die Früchte abreißen wollte«, meinte das Schwarze. »Die Kastanien werden dir den Weg weisen. Die eine in die eine Richtung, die andere in die andere.«

Andrea murmelte ein paar unanständige Worte vor sich hin, dann starrte sie das Eichhörnchen finster an. »Kannst du meine Fragen vielleicht noch ungenauer beantworten?«, meinte sie dann ironisch.

»Kann ich schon«, sagte das Eichhörnchen frech. »Aber ich finde, so ist es ungenau genug.«

Andrea warf frustriert die Arme hoch, dabei flog ihr der Zweig aus der Hand, die Kastanien gaben ihm Schwung, und alles zusammen traf das Eichhörnchen. Das fiel vom Baum und lag dann am Boden, alle viere und den Schwanz von sich gestreckt.

»O nein, das wollte ich nicht!«, rief Andrea und eilte hin. Sie nahm den kleinen Körper vorsichtig hoch, setzte sich an den Baumstamm und barg das Tier in ihrem Schoß.

»Komm schon, sei nicht tot, das war doch nicht absichtlich, ich wollte doch nicht …«

Sie brach ab, als das Schwarze sich flink auf ihre angezogenen Knie setzte und fröhlich keckerte. Sie hatte entschieden den Eindruck, es lache sie aus.

»Hab ich dich fein erschreckt, was?«

»Ich dachte, ich stelle hier die Fragen«, erwiderte Andrea spitz. Dann starrten sie sich an.

Andrea suchte mit der rechten Hand nach den Kastanien, die sich beim zweiten Aufprall vom Zweig gelöst hatten. Sie hielt eine in jeder Hand. »Was soll ich tun mit ihnen?«, fragte sie.

»Stecke in jede Tasche deiner Hose eine. Je nachdem, von welcher sich die Schale zuerst löst – in der linken oder rechten Hosentasche –, in die Richtung sollst du gehen«, erklärte das Eichhörnchen ganz ernst.

»Und was passiert mit der anderen?«, fragte Andrea.

»Irrelevant«, winkte das Schwarze ab. »So, das war's!«, verkündete es dann und wollte weghüpfen, aber Andrea packte es am Schlafittchen.

»O nein! Nicht ohne Warnung!«, bestimmte sie. »Eine Frage will ich noch stellen!«

Das Schwarze richtete sich wieder gemütlich auf ihren Knien ein und meinte: »Gut, du bist fix und lässt dich nicht einfach ins Boxhorn jagen. Eine Frage noch!«

Andrea schwieg. Dann sagte sie: »Die spare ich mir auf, bis ich eine relevante Frage habe.« Damit ließ sie das Schwarze los und steckte die Kastanien wie angewiesen in ihre Hosentaschen. Das Eichhörnchen sah sie erst perplex an. Dann lachte es keckernd, sprang von ihren Knien, wobei sein Schwanz durch ihr Gesicht wischte, und jagte den Stamm hinauf. »Na dann, bis zum nächsten Mal«, keckerte es und verschwand im Wipfel des Baums.

Andrea blieb noch etwas sitzen, die Hände in den Hosentaschen, und hielt die Kastanien zwischen ihren Fingern. Keine von beiden ließ Anzeichen spüren, sich demnächst zu öffnen. Sie stand auf und setzte ihren Weg in Richtung Café fort. Offenbar war jetzt erst mal Geduld angesagt. Die Wartezeit konnte sie sich gut mit einer Eisschokolade versüßen und darüber nachdenken, woher das Eichhörnchen gewusst hatte, dass sie – figurativ – vor einer Weggabelung stand. Sie hatte keine Ahnung, welchen Weg sie wählen sollte, welche Entscheidung sie sich selbst näherbringen würde. Vielleicht fiel ihr ja eine Frage ein, die das Tierchen klar beantworten konnte. Mit einer klaren Antwort auf die Frage nach dem Sinn ihres Lebens. Ja, das wäre hilfreich. Solange die Antwort nicht 42 war.

Ramaela – Engel mit Laute

Sie hielt das Instrument in den Händen, verkrampft und ängstlich. Angst, das Instrument zu beschädigen, Angst, im Mittelpunkt zu stehen, sich zu blamieren. Was tat sie hier nur?

»Fang einfach an, das ist ganz natürlich und kommt von selbst.« Die ruhige, freundliche Stimme klang sehr sicher.

Ramaela hielt den Hals der Laute zaghaft in der rechten Hand, deren Körper in den Schoß gestützt. Dann schlug sie die Saiten an. Dissonante, brummende Klänge zerrissen die erwartungsvolle Stille, und sie nahm die linke Hand schnell von den Saiten. Ihr Blick war gesenkt. Sie gehörte hier nicht hin, jetzt würden das wohl auch die anderen verstehen.

»Ähm … ja, vielleicht hörst du uns erst mal zu, dann versuchen wir es noch einmal.«

Ramaela nickte nicht, sie blieb wie erstarrt sitzen und schaute auf den Boden, nein, auf die Wolke unter ihnen, so duftig weiß. Süße Klänge erfüllten den Raum: Harfen, Flöten, Geigen, leichter Trommelschlag und glockenreine Stimmen. Alles verschieden und doch harmonisch. Unterschiedliche Rhythmen, die dennoch im Einklang waren.

Sie hielt es nicht mehr aus. Sie stand auf, die Laute immer noch in der rechten Hand haltend, und schwebte davon. Fliegen, das war von Anfang an kein Problem gewesen. Vom Fliegen hatte sie schon immer geträumt, und als sie sich nach ihrem plötzlichen Tod mit diesen hellgrauen, sanften Flügeln wiederfand, war das Aufsteigen und Fliegen das Natürlichste der Welt, o nein, des Himmels gewesen. Bis man sie zum Frohlocken einteilte, hatte sie sich keine Gedanken gemacht. Sie war einfach überall herumgeflogen und hatte das Gefühl genossen. Aber dann holte der Himmelsalltag sie ein, und sie fühlte sich so fremd. Sie gehörte hier nicht hin.

Weit weg von den anderen ließ sie sich auf einer kleinen, dunklen Regenwolke nieder, die zu ihrer Stimmung passte, und hielt die Laute in den Armen. Regen tropfte aus der Wolke nach unten, und Tränen tropften aus ihren Augen auf die Laute.

»Tut mir leid«, flüsterte sie dem Instrument zu, ihre rechte Hand wieder an dessen Hals gelegt. Sacht strich sie mit dem Zeigefinger der linken über die Saiten. Ein melancholischer Ton löste sich unsicher. Unbewusst strich Ramaela mit den Fingerkuppen weiter über die Saiten, während ihre Gedanken nach einem Ausweg aus diesem ständig hellen, glücklichen und für sie so belastenden Umfeld suchten. Auf einmal wurde sie sich der traurigen Melodie gewahr, die um sie herumtanzte, begleitet vom Fallen ihrer Tränen. Sie sah auf, hielt still, und die Melodie entfernte sich, verklang. Sie sah den lächelnden Mann an, der vor ihr schwebte, obwohl sie keine Flügel an ihm entdecken konnte.

»Ich hätte eine Aufgabe für dich, die dir vielleicht besser liegt als das Frohlocken«, sagte er, und ein schelmisches Lächeln spielte in seinen Augenwinkeln.

Sie schwieg.

»Meine Leute … sie haben es schwer, da, wo sie sind. Sie könnten Musik brauchen, die zu ihrem Leben passt. Das, was du da gespielt hast, wäre genau das Richtige.«

Ramaela sah ihn misstrauisch an. Sie blickte auf ihre Hände, die zärtlich die Laute hielten. »Ich … Hab ich das gespielt?«

Er nickte nur, lächelte und machte eine einladende Handbewegung, ihm zu folgen … nach unten.

Ramaela riss die Augen auf. Er grinste. Sie warf einen Blick zu den weißen, strahlenden Wolken, die ihr so gar nicht lagen. Entschlossen stand sie auf, nickte ihm zu. Er schwebte hinab, durch die Wolken, an der funkelnden Erde vorbei zur Nachtseite und weiter, tiefer. Ramaela folgte ihm ohne Angst bis in die Hölle, die sein Reich war.

So kamen die geschundenen Seelen und ein paar höllische Dämonen zum immerwährenden Segen aus trauriger, himmlischer Musik. Und Ramaela war zufrieden. Sie wurde gebraucht. Hier war sie zuhause.

Weißflecks Gesang

»Los, sing, du bist der Letzte!«

Die junge männliche Amsel, genannt Weißfleck, duckte sich tiefer auf den Ast, auf dem sie saß, und tat so, als habe sie nichts gehört. Doch der andere hüpfte näher und gab nicht auf.

»Komm schon, wir haben alle schon was probiert. Nur du tust so, als ob du zu fein bist. – Mann! Bist du ein eingebildeter Schnösel! Denkst du, du bist was Besseres als wir, weil du so hässliche weiße Flecken hast?« Empört schimpfend flog der andere davon.

Weißfleck blieb noch eine Weile geduckt hocken, dann richtete er sich etwas auf, schüttelte sein geflecktes Gefieder und spähte herum. Endlich war er allein. Er hüpfte tiefer in das dunkle Grün der Tanne und kauerte sich wieder zusammen. Er hasste es, anders zu sein. Die anderen verspotteten ihn wegen der weißen Flecken in seinem sonst dunklen Gefieder, oder sie beschuldigten ihn, so wie Glanzauge eben, sich etwas darauf einzubilden. Dabei wollte er nur so sein wie alle anderen, dazugehören. Er war überrascht, dass Glanzauge ihn aufgefordert hatte, Gesang zu üben. Wollte er sich wirklich mit ihm messen, später mit ihm um eine Partnerin wetteifern? Weißfleck schüttelte den Kopf und gab ein trauriges Fiepen von sich. Nein, vermutlich hatte er nur etwas Neues gesucht, über das er sich lustig machen konnte. Weißfleck war überzeugt, nicht singen zu können.

Plötzlich hörte er die anderen jungen Männchen pfeifend und schimpfend als Horde zurückkehren. Sie würden ihn finden! Voller Panik schob er sich auf der gegenüberliegenden Seite aus dem Baum und flog schnell davon. Er achtete nicht darauf, wo er hinflog, all seine Sinne waren nach hinten gerichtet, auf die Horde, der er nicht in die Krallen geraten wollte.

Mit einem Knall stieß er gegen ein Hindernis, taumelte tiefer und verlor das Bewusstsein.

Als er wieder zu sich kam, fühlte er sich in etwas Weichem geborgen, es war warm, gemütlich und eher dunkel. Er fiepte leise vor Schmerz, als er sich aufrichten wollte. Und kauerte sich dann wieder ängstlich zusammen, als er eine Stimme hörte. Er verstand die Klänge nicht, doch die Stimme war sanft, gütig. Es war eine Menschenstimme, das wusste er. Und Menschen waren die Feinde, wenn sie einen bemerkten.

Sein Herz begann wie wild zu schlagen, als er Finger um sich fühlte, die ihn vorsichtig aus seinem weichen Kokon zogen. Er kniff die Augen zusammen, als das große, helle Gesicht vor ihm auftauchte, spürte einen Lufthauch seine Federn streicheln, als die Stimme weiter leise auf ihn einsprach. Er wurde fest und sicher gehalten, während der Mensch einen seiner Flügel vorsichtig etwas streckte. Weißfleck fiepte, wimmerte – es tat so weh.

Zwei Wochen später war sein Flügel fast ganz verheilt. Weißfleck hüpfte halb fliegend zum Wasserhahn, pfiff auffordernd, und der Mensch füllte gehorsam seine kleine Schale mit frischem Wasser.

»Solltest du nicht eigentlich mehr als einen einfachen Pfiff können?«, überlegte Rena fragend, während sie der

Amsel beim Trinken zusah. »Deine Amselgenossen da draußen singen um die Wette, aber du? Schmerzen kannst du nicht mehr haben, so, wie du hier das Regiment übernommen hast.«

Weißfleck legte den Kopf schief. Was wollte der Mensch von ihm? Die Augen sahen ihn sanft aus dem riesigen Gesicht an, dann ging der Mensch weg und stellte wieder einmal ein Gerät an. Liebliche Klänge drangen daraus hervor, und Weißfleck flog, noch ein bisschen taumelnd, näher. Er liebte diese Klänge, sie ertönten häufig. Der Mensch verließ den Raum und überließ ihn seinen Träumereien.

Weißfleck drehte den Kopf noch mal zur Tür. Er war allein. Dann öffnete er den Schnabel und imitierte mit seiner Stimme die Tonfolgen. Manchmal wich er bewusst ab, dann wieder sang er absichtlich Töne, die nicht zu den Klängen aus dem Gerät zu passen schienen. Er verlor sich ganz im Klang, der aus dem Gerät kam, und im Vibrieren seiner eigenen Stimme. Ein wohliges Gefühl rann durch seinen Körper, und als die Klänge zum Ende kamen, schüttelte er sein Gefieder vor Zufriedenheit und Glück.

»Wusst ich's doch, dass du mehr kannst als pfeifen«, sagte Rena leise hinter der Tür verborgen. Sie trat wieder ins Zimmer und blickte dann zum Balkon. Dort saßen fünf ganz schwarze Amseln und äugten neugierig durch die offene Tür. Leises aufforderndes Fiepen drang herein, und sie sah, wie sich die schwarz-weiß-gefleckte Amsel, die sie gesund gepflegt hatte, erschrocken zusammenkauerte. Rena trat zu ihr, hockte sich hin und strich sanft über das weiche

Gefieder. »Du bist gesund. Stell dich dem Leben«, flüsterte sie, und ihr Atem ließ die Federspitzen vibrieren. Die Amsel äugte zu ihr auf, dann hinaus zum Balkon. Rena stand auf und trat zur Balkontür. »Komm«, sagte sie.

Weißfleck fühlte sich wie erstarrt. Der Mensch wollte ihn nicht mehr. Sein sicheres Versteck ... weg. Traurig lief er mehr als er flog in Richtung der offenen Tür. Ein leises Fiepen wie eine Frage. Stille. Er hüpfte auf den Balkon, in sein Schicksal ergeben.

»Mann, Weißfleck, das war gigantisch! Wie machst du das? Ich habe noch nie solche Töne gehört. Kannst du mir das auch beibringen? Ich bin sicher, die kleine Rotlocke wird dann endgültig auf mich abfahren.« Glanzauge flog neben ihn und hielt den Kopf fragend schief.

Weißfleck blinzelte ihn misstrauisch an. »Ja, schon. Ich kann es dir zeigen«, sagte er vorsichtig.

»Super. Komm, wir haben einen tollen Platz zum Üben gefunden. Da hören die Mädels nichts, bis wir es richtig können.«

Die Horde brach auf. Weißfleck starrte ihnen halb entsetzt, halb hoffnungsvoll hinterher.

»Na flieg schon«, sagte Rena.

Er wandte den Kopf ein letztes Mal dem Menschen zu, der ihm geholfen hatte, dann schüttelte er seine Federn auf und flog den anderen hinterher. Vielleicht hatte Glanzauge es ja ernst gemeint.

Die Schalong

Ich saß auf dem Bett und drehte die Klinge in meiner Hand hin und her. Die Ereignisse des vergangenen Tages ließen mich nicht los. Auf meiner kleinen Wanderung hatte ich am Green Loch dessen smaragdgrünes Schimmern bewundert. Etwas hatte im Gebüsch aufgeblitzt. Meine forschenden Blicke konnten die Ursache nicht zum Vorschein bringen. Ich atmete die kühle Luft tief ein und genoss die Frühlingsstrahlen der Sonne. Dann blitzte es wieder.

Die Neugier trieb mich zum Ufer hinab. Ich fand … nichts. Ich blickte auf die Spiegelungen der Bäume und Felsen im Wasser. Aus dem Augenwinkel sah ich es wieder blitzen, fast direkt neben mir. Ich beugte mich vor und tastete. »Autsch!« Ich zuckte zurück und saugte an dem kleinen Schnitt, schmeckte mein Blut. Und da sah ich ihn. Entschlossen packte ich den Griff des Dolchs; die Parierstange endete in kleinen Eulenköpfen. Die Klinge glänzte wie neu. Keine Scharte verunstaltete sie. Entlang der Mitte waren seltsame Schriftzeichen eingraviert. Plötzlich verstand ich sie. »Scheide« stand da. Ich drehte den Griff, und die Rückseite verkündete »Wohl«. Wieso konnte ich das auf einmal lesen. Oder fantasierte ich?

Der Dolch lag ausgewogen in meiner Hand. Er war wie für mich gemacht.

»Endlich!«, erklang es hinter mir, und ich wirbelte herum, den Dolch erhoben. Die Klinge blinzelte mir im Sonnenlicht zu. So wie der zwergenhafte Mann, der neben einem Busch stand und lachte.

»Deine Reaktionen sind immer noch gut«, meinte er.

»Wer sind Sie?« Den Dolch hielt ich auf ihn gerichtet. Der Mann mochte klein sein, doch er wirkte stark und agil.

»Ich bin ihr Schöpfer«, sagte er und deutete mit seinem bärtigen Kinn auf den Dolch.

»Sie sind Schmied«, stellte ich fest. Das erklärte seine schwieligen Hände und den kräftigen Körperbau.

Er nickte. »Du hast sie in Auftrag gegeben und gleich bezahlt, hast sie aber nie abgeholt. Jetzt habe ich meinen Teil des Handels endlich erfüllt.« Mit diesen Worten war er verschwunden.

Ich starrte auf die Stelle, an der er gestanden hatte. Da gab es Abdrücke im Gras. Ich hatte nicht geträumt. Wie kam der magische Zwerg dazu, mich für die Auftraggeberin des Dolchs zu halten? Ich war noch nie am Green Loch gewesen. Aber wenn er mich verwechselte, wieso schmiegte sich die Waffe so gut in meine Hand? Ich wechselte den Dolch in die Linke. Perfekt ausbalanciert. Wie hatte der Zwerg wissen können, dass ich eine Waffe mit beiden Händen würde führen wollen?

Moment mal! Ich hatte noch nie eine Waffe geführt, konnte weder fechten noch … Und wieso hatte er den Dolch als weiblich bezeichnet? Okay, »die« Waffe war weiblich, aber »der« Dolch? Nachdenklich wog ich ihn in der Hand, führte Schwünge aus. Mein Stand, meine Haltung passten sich von selbst so an, dass sie optimale Bewegungsfreiheit ermöglichten. Was geschah mit mir?

Langsam richtete ich mich wieder auf, nahm den Rucksack ab und barg den Dolch darin. Nach einem letzten Blick über den See kletterte ich die Böschung hoch – viel sicherer, als ich sie hinabgestiegen war.

Die Sonne schickte letzte Strahlen über den Hügel im Westen. Wie war das möglich? Ich war am frühen Nachmittag angekommen. Wo war die Zeit geblieben? Ohne es bewusst entschieden zu haben, folgte ich dem Weg weiter um den See, über eine Kuppe und in einen Wald hinein. Es wurde schnell dunkel; ich hatte kein Licht dabei.

Etwas flackerte zwischen den Bäumen im Tal. Vorsichtig lief ich auf den Lichtschein zu. Ich hörte ein Fauchen, roch den scharfen Geruch heißen Metalls und hörte das Klong-Klong eines Hammers. Durch die weit offenstehende Tür trat ich in die Schmiede. Hitze traf mich wie ein Schlag, und ich kniff die Augen zusammen. Ein letztes Klong verhallte. Erneut sah ich mich dem Zwerg gegenüber. Breitbeinig stand er vor dem Amboss, den Hammer in der Linken, die Rechte hielt glühenden Stahl in einer Zange, doch seine Augen waren auf mich gerichtet. Ein Lächeln zog auf seinem grimmigen Gesicht ein.

»Sag ich's doch, alle Instinkte sind noch da.«

»Wann soll ich den Dolch in Auftrag gegeben haben?«, fragte ich und versuchte mit flachen Atemzügen Sauerstoff aus der hitzigen Atmosphäre zu ziehen.

»Kein Dolch!«, widersprach er. »Dies ist eine Schalong der ersten Güte. Sie ist einzigartig und auf dich geschworen.«

Ich schüttelte verwirrt den Kopf. »Wann?«, wiederholte ich stur meine Frage.

»Es war das Jahr 4038 der großen Göttin, das die Christenmenschen 479 Anno Domini nennen. Du hast die Schalong am zwölften Tag des ersten Monats in Auftrag gegeben. Die nordischen Horden drohten einzufallen. Die Schalong wird …« Er brach ab.

Ich trat zur Seite und ließ mich auf einem wackeligen Holzschemel nieder.

»Du kamst nie, die Schalong zu holen. Ich erfuhr von deinem Tod durch einen fahrenden Sänger, der deine letzte Schlacht in den farbigsten Bildern besang. Doch ich wusste, der Handel musste vollendet werden. Ich habe gewartet. Meine Brüder – sie sind alle tot. Die Göttin – vergessen. Die Welt ist anders. Ich habe Jahrhunderte an meiner Schmiede vorbeiziehen sehen, während die Zeit für mich stillstand. Nie kamst du. Jetzt – endlich! – darf auch ich gehen. Diese Welt – eure Welt – sie hat keine Wahrheit mehr. Keine Ehre, keine Liebe. Ich daure dich. Doch die Schalong, sie wird auch in deiner Zeit sein, was sie ist.«

»Wie ist dein Name?«, fragte ich, denn alle anderen Fragen waren zu groß, zu furchterregend.

»Geronzir uc Grenlocdel, der beste Schmied der nördlichen Hemisphäre, wenn nicht der Welt«, sagte er und senkte bescheiden den Blick.

Unwillkürlich lachte ich auf, dann schlug ich eine Hand vor den Mund.

Er grinste mich an, fuhr aber ernst fort: »Geh jetzt! Das Tor zwischen den Zeiten schließt sich bald. Ich weiß nicht, ob die Schalong dir bei der Aufgabe, die du in dieser Welt erfüllen sollst, helfen kann. Doch wisse: Sie ist allein dein.

Sie wird sich nie gegen dich wenden. Sie ist mehr, als sie scheint.«

»Wie komme ich zurück?« Angst umklammerte mein Herz bei dem Gedanken, hier zu stranden.

»Geh zügig den Weg, den du gekommen bist. Sobald du den alten Knorpler passiert hast, bist du wieder in deiner Zeit.«

»Den alten …?« Ich brach ab. Das Bild eines dicken, knorrigen Baums, an dem ich auf dem Weg zum See vorbeigekommen war, tauchte vor meinem inneren Auge auf. Ich stand auf. Dann streckte ich dem alten Zwerg die Hand hin. Vorsichtig legte er die Zange mit dem abgekühlten Stahl weg und ergriff mit seiner schwielig rußigen Hand meine helle weiche.

»Danke – glaube ich«, sagte ich.

Er lachte, drückte meine Hand mit mehr Begeisterung, als meinen Fingern lieb war. »Da müssen ein paar Schwielen dran«, meinte er und ließ los.

Ich lächelte verlegen, dann trat ich ohne ein weiteres Wort hinaus und begann den Rückweg in meine Zeit. Nach wenigen Schritten umfing mich fast absolute Dunkelheit. Kein Sternenlicht fand den Weg durch die Baumkronen. Ich drehte mich um, den Schmied um eine Fackel zu bitten. Auch dort absolute Dunkelheit. Es war, als hätte nie ein Feuer freundlich aus der Schmiede geleuchtet. Unsicher wandte ich mich wieder dem Weg zu, der vor mir liegen musste, wagte aber nicht, auch nur einen Schritt zu tun. Würde sich das Tor schließen und mich in der Dunkelheit dieser alten Zeit zurücklassen? Ich nahm meinen Rucksack ab in der verzweifelten Hoffnung, darin vielleicht doch eine Taschenlampe oder zumindest mein Feuerzeug zu finden. Als ich den Reißverschluss aufzog, begrüßte mich ein blaues Glühen. Verblüfft starrte ich die Schalong an, dann holte ich sie heraus und hielt sie fasziniert empor. Ich lächelte sie an, dann schwang ich mir den Rucksack wieder auf und ließ mich vom Leuchten der Schalong leiten. Sie gab gerade genug Licht, um mich den Weg erkennen zu lassen.

Als ich aus dem Wald trat, warfen die Sterne und der Sichelmond ein fahles Licht auf die Landschaft und ich schritt schneller voran. Das Glühen der Schalong war vergangen. Endlich gelangte ich am »alten Knorpler« an. Ich wagte nicht, vom Weg abzuweichen, ging zügig an ihm vorbei, bedacht darauf, in meine eigene Zeit zu gelangen. Kaum war ich aus seinem Schatten getreten, kniff ich geblendet die Augen zusammen und hob schützend eine Hand vors Gesicht. Die späte Nachmittagssonne schien grell. Vorsichtig unter meiner Hand hervorblinzelnd, ging ich zum nächsten Baum, senkte die Hand und blickte den Weg zum See zurück. Überall war wieder Nachmittag. Ich fühlte mich wie zerschlagen, erschöpft bis auf die Knochen, wie nach einer Ganztageswanderung, obwohl ich kaum mehr als fünf Kilometer zurückgelegt haben konnte. Ich ließ mich auf einem halbbemoosten Stein nieder und betrachtete die Waffe in meiner Hand. Langsam glitten meine Finger die Klinge entlang. Sie war kühl, glatt und tödlich.

Die Realität holte mich wieder ein. Wie sollte ich die Waffe aus dem Land bringen? Ich war mit dem Flieger gekommen. Es gab keinen Kaufnachweis für dieses wertvolle Stück.

Mit einem Seufzer schwang ich den Rucksack herunter. Erst mal wegpacken, damit mich keiner mit einem solchen Mordinstrument durch die Landschaft oder – noch schlimmer – durch den Ort laufen sah. Irgendetwas würde mir schon einfallen. Die Schalong wieder sicher geborgen, machte ich mich auf zu meinem Auto, das ich nahe der Glenmore Touristeninfo geparkt hatte.

Nahe dem Parkplatz stand ein Land Rover am Weg, daran lehnte ein Mann, der den Weg zum See beobachtete. Meine Schritte wurden langsamer, dann fanden meine Füße wieder den gewohnten Rhythmus. Niemand konnte wissen, was geschehen war. Er wartete bestimmt auf jemand anderen. Ich passierte ihn mit dem üblichen »Hiya« unter Wanderern, und er nickte mir zu. Seine Augen musterten mich intensiv. Als ich an ihm vorbei war, schien sein Blick in meinem Nacken zu prickeln. Die Fahrt zu meinem B&B war dann ohne Besonderheiten verlaufen. Niemand schien mich verfolgt zu haben.

Nun saß ich auf meinem Bett, betrachtete die Schalong, genoss ihr Gewicht in meinen Händen. In mir breitete sich die aufregende wie erschreckende Gewissheit aus, dass ich einen Weg beschritten hatte, den ich nicht mehr würde verlassen können.

Lokis Fuchskinder

Die Feder fiel tanzend im Wind inmitten bunter Blätter und stak dann fast direkt vor meinen Füßen im aufgeweichten Boden des Waldwegs. Sie war knallrot, wirkte wie gefärbt. Zweifelnd blickte ich nach oben. Kein Vogel war zu sehen oder zu hören. Auch waren die Zugvögel eigentlich alle schon durch, und diese seltsame Feder schien nicht zu unseren heimischen Arten zu passen. Ich blickte wieder auf sie nieder, die meine Wanderung so sanft, aber entschieden unterbrochen hatte. Endlich kauerte ich mich hin und nahm sie vorsichtig mit der linken Hand auf. Ich zuckte zusammen, als mich ein elektrischer Schlag traf. Es stach, dann breitete sich eine leicht brennende Wärme von meiner Hand über meinen ganzen Körper aus.

»Geh, schnell«, hörte ich in meinem Kopf, und ohne zu zögern setzte ich mich im leichten Trab in Bewegung. An der T-Kreuzung bog ich weder links noch rechts ab, sondern suchte mir – ohne zu wissen, wie – meinen Weg geradeaus weiter durchs Unterholz. Dann verließ mich der zwanghafte Bewegungsdrang, und keuchend blieb ich stehen. Die Feder entglitt meinen Händen, und in dem Moment hörte ich das Wimmern und Fiepen. Ich konnte erst die Richtung nicht genau feststellen, dann bewegte ich mich vorsichtig weiter, die Feder blieb zwischen Laub und Nadeln geborgen zurück. Nachdem ich mich zwischen zwei Büschen durchgedrängt hatte, hinter denen das Fiepen hervorzudringen schien, trat ich fast auf eine Leiche. Die Füchsin war wohl schon eine Weile tot, Fliegen surrten um sie herum. Und zwei kleine Füchslein kauerten wimmernd neben ihr, zwei weitere schienen ebenfalls tot zu sein.

Fuchsbandwurm und Zecken, schoss es mir durch den Kopf. Wer weiß, was für Krankheiten kleine Füchse sonst noch haben. Ich holte mein Handy aus der Tasche, aber wen sollte ich anrufen?

Zweifelnd blickte ich auf das Display, dann steckte ich das Gerät wieder weg. Selbst als ich mich neben sie kauerte, versuchten die Füchslein nicht, zu entkommen. Sie kuschelten sich nur näher an ihre tote Mutter heran. Ich tastete erst die beiden liegenden Füchslein ab – kein Lebenszeichen. Für sie war es zu spät. Entschlossen setzte ich den Rucksack ab, zog meine Jacke aus und legte sie offen über meine Oberschenkel. Dann griff ich vorsichtig nach dem ersten Füchslein. Als ich es berührte, erstarrte es und verstummte. Ich setzte es auf die Jacke, das zweite gleich daneben, und wickelte sie so ein, dass ich sie gut im Arm tragen konnte, sie aber auch Luft bekamen.

Den Rückweg zum Auto nahm ich nicht wirklich wahr. Nach längerem Suchen fand ich die Tierarztpraxis und brachte die Füchslein hinein. Es war schon spät und ich kam gleich dran. Hatte ich ursprünglich noch gehofft, der Arzt würde den Förster oder das Tierheim verständigen und mich damit von meiner Verantwortung befreien, so wurde ich schnell eines Besseren belehrt. Egal, was ich vorschlug, der Arzt versorgte die Fuchskinder mit Medikamenten, mich mit Informationen zur weiteren Pflege und scheuchte mich dann schnell aus der Praxis. Er forderte nicht einmal eine Zahlung, fragte nicht nach meinem Namen, um mir eine Rechnung zu stellen.

Kurz darauf betrat ich meine Wohnung mit den zwei kleinen Füchsen und erstarrte, als ich in den Wohnraum trat. Da lümmelte ein attraktiv verschmitzt wirkender junger Mann mit feuerrotem Haar in Jeans und schwarzem T-Shirt auf meinem Sofa und grinste mich an.

»Du hast sie gefunden, gut. Sorge gut für sie. Sie sind meine Kinder, und wenn sie groß sind, werde ich mich nach ihnen umsehen.« Er stand auf, strich den beiden Füchslein neckend über die Köpfe, stupste mich unter dem Kinn und wandte sich ab.

»Wer zum Teufel sind Sie! Was ...« Das Was fällt ihnen ein! konnte ich nicht zu Ende sprechen, denn er drehte sich um, machte einen übertrieben höfischen Bückling und grinste mich an. »Loki«, sagte er. »Ihre Namen darfst du aussuchen.« Damit füllte ein rauchig riechender Nebel meine kleine Wohnung, und ich war allein – mit zwei Füchsen, die sich vielleicht irgendwann in Menschen oder Götter wandeln mochten.

Dino-Zeit im Glemstal

Rita fuhr gemütlich die frisch geteerte Straße durchs Glemstal. Sie freute sich schon auf ihr Frühstück im Café. Sie genoss den frühen Morgen, das helle Blau des Himmels, das die bunten Herbstblätter noch strahlender in Gelb und Rot leuchten ließ. Hinter einer Kurve sah sie links in einer Bushaltestelle auf einmal einen seltsam bunten Geländewagen parken. Grün oben, gelb unten und ein Schriftzug auf der Seite. Im Vorbeifahren drehte sie den Kopf, um die Schrift zu lesen. »Jurassic Park« stand da. Eine Frau mit dunklen langen Locken im Outdoor-Look starrte Rita aus aufgerissenen Augen an, so als könne sie nicht glauben, was sie sah.

Rita lachte. Was für eine witzige Idee, den eigenen Geländewagen so zu bemalen wie die Fahrzeuge in dem Film »Jurassic Park«. Sie hatte das Buch verschlungen und den Film genossen.

Auf einmal schlugen Zweige gegen die Seiten ihres roten Toyota Corolla, und der Wagen schaukelte und ruckte beim Fahren. Rita wurde rüde aus ihrer Begeisterung über das witzige Auto gerissen. Alles vor ihr war völlig verändert. Statt auf einer geteerten Straße befand sie sich jetzt auf einer Art unebenen Wald- und Wiesenweg, der teilweise zwischen den Büschen und Bäumen, die sich seitlich herandrängten, kaum auszumachen war. Das Licht fiel nur schal durch das dichte Blattwerk.

Ritas Fuß hob sich langsam von Gaspedal, sie schaltete herunter. Hier würde sie bald nicht weiterkommen. Waren die Straßenarbeiten doch noch nicht fertig? Aber wieso war dann nicht gesperrt gewesen? Und wo kam dieser Urwald auf einmal her? Eigentlich sollten jetzt rechts die Teiche auftauchen...

Ein Brüllen erschallte hinter ihr, das ihren Wagen, der wegen ihrer Unsicherheit nur noch langsam dahinzuckelte, zu erschüttern schien. Rita sah in den Rückspiegel. Das ... das ... nein ... das war unmöglich!

Noch war der Tyrannosaurus Rex weit genug weg, sodass sie ihn durch das hinter ihr noch spärlichere Blattwerk ganz im Rückspiegel sehen konnte, doch ... Ihr Fuß drückte auf einmal entschlossen das Gaspedal bis zum Boden durch, der Motor jaulte auf, und der Wagen schlingerte erst auf dem unebenen Weg hin und her, dann schoss er nach vorn, und Rita schaltete in einen höheren Gang. Sie sah immer wieder in den Rückspiegel. Der Rex hatte erst kurz innegehalten, so als wolle er sich vergewissern, dass da wirklich ein rotes Etwas versuchte, ihm zu entkommen. Doch jetzt nahm er mit Riesenschritten die Verfolgung auf.

Ein Schuss erklang von fern, doch weder der Rex noch Rita reagierten auf das Geräusch.

Sie hielt das Lenkrad so sicher sie konnte, während sie versuchte, den Wagen auf der Piste zu halten und sich nicht damit um einen Baum zu wickeln. Sie meinte förmlich, den Atem des Rex in ihrem Nacken zu spüren, da rollten die Reifen auf einmal wieder über glatten, neuen Teer, Büsche und Bäume standen brav neuzeitlich hinter den Leitplanken, und sie raste mit fast 100 Sachen dahin, vorbei am 50er Schild in die Kurve neben den Teichen. Ihre Bremsen quietschten schrill protestierend, und sie lenkte in die Bushaltestelle und kam gerade noch so vor dem Bordstein zum Stehen. Ihr Herz pochte wie wild, vom Kühler des Autos schien Nebel hochzusteigen. Alles war still.

Rita sah in den Rückspiegel. Geteerte Straße, normale Bäume, hellblauer Herbsthimmel. Dann tauchte der grüngelbe Geländewagen aus der Kurve auf und hielt am anderen Ende der Bushaltestelle hinter ihr an. Die Frau, die sie vorher so angestarrt hatte, stieg aus. Rita zögerte, die Sicherheit ihres Autos zu verlassen, doch dann stieg sie ebenfalls aus und sah der anderen entgegen. Diese blieb ein paar Meter von ihr entfernt stehen und musterte sie. Rita sah kühl zurück.

»Sie fahren gut Auto und haben starke Nerven«, sagte die andere.

Rita kniff die Augenbrauen zusammen: »Haben Sie geschossen?«

Die Frau nickte. »Den Rex beeindruckt das nicht, aber die anderen wussten dadurch, dass etwas schiefläuft. Sie haben die Zeitblase rechtzeitig schließen können, bevor ...«

»Zeitblase?« Ritas Stimme klang trocken.

»Ich weiß nicht, wieso Sie darin gelandet sind. Wir haben alle Sicherheitsvorkehrungen ... es muss an Ihnen liegen.« Die Frau musterte sie wieder interessiert.

»O nein, kommen Sie ja nicht näher! Ich werde nicht Versuchskaninchen für Sie spielen!« Rita trat zurück zwischen die Autotür und den Sitz, wild entschlossen, der Frau zu entkommen.

Diese hob beschwichtigend die Hände. »Nein, keine Sorge, widerwillige Helfer nutzen uns nichts, aber ... Wieso setzen wir uns nicht zusammen und besprechen in Ruhe, was ich anbieten könnte?«

Rita spürte, wie ihr Herz wieder schneller pochte und sich in ihr ein kleiner, abenteuerlustiger Kern öffnete. »Ich wollte gerade frühstücken gehen. Fahren Sie mir hinterher!« Damit stieg sie in ihr Auto und fuhr los.

Die Geschichte, die ihr die Frau im Café erzählte – von Toren in die Zeit und damit verbundenen Forschungen –, war unglaublich. Und doch konnte sie das Geschehene nicht als Alptraum abtun. Sie war eindeutig mit ihrem Auto vor einem T-Rex geflohen.

Sie willigte ein, sich untersuchen zu lassen und einen Probetrip zu machen, um ihr Potential als Zeitreisende zu testen. Danach würde sie weitersehen.

Auszeit der Heilsteine

»Es gibt keine mehr«, sagte sie bestimmt, und in ihrer Stimme war nichts von dem Entsetzen zu erkennen, das mich bei diesen Worten durchfloss.

»Wie, es gibt keine mehr? Wann bekommen Sie denn die nächste Lieferung?«, fragte ich nach. Ich brauchte wirklich dringend neue.

»Es gibt keine nächste Lieferung, denn es gibt überhaupt keine mehr, nirgends auf der Welt.«

Diesmal hörte ich Resignation in der kühlen Stimme der Verkäuferin, die vermutlich auch die Eigentümerin des kleinen Esoterik-Ladens war, in dem ich immer meine Heilsteine kaufte.

»Das ist doch Quatsch!«, empörte ich mich. »Die Welt hat viele Steine, also gibt es auch Heilsteine – immer!«, behauptete ich voll Überzeugung.

»Es gibt keine Heilsteine mehr, weil sich die heilende Energie aus der Welt zurückgezogen hat – sie hat keine Kraft mehr, dem negativen Einfluss der Menschen zu widerstehen.«

Es klang lächerlich, doch die Frau sah ernst aus, und mir verging das Lachen, das hatte aufsteigen wollen. »Aber was machen wir denn dann jetzt?«, fragte ich ein wenig verloren und dachte an den Zirkel, den ich für das kommende Wochenende einberufen hatte. Ohne Heilsteine – wie sollte das gehen?

Sie zuckte mit den Schultern. »Kann ich Ihnen etwas anderes anbieten? Ginseng Tee vielleicht oder Räucherstäbchen?«

Fassungslos starrte ich sie noch einen Moment an, dann schüttelte ich den Kopf und verließ den Laden. Der strahlend sonnige Tag erschien mir auf einmal trüb, die Luft schien von Schlieren durchzogen. Wo bekam ich Heilsteine fürs Wochenende her?

Ohne auf meinen Weg zu achten, lief ich durch die Straßen, bis ich plötzlich auf ein Kinderfahrrad trat, das quer auf dem Gehsteig lag, und fast wäre ich gestürzt. »Au, au, au«, jammerte ich und hielt mein Fußgelenk, das glücklicherweise nicht blutete.

»Hast du Aua?«, fragte eine helle Kinderstimme. »Mein Fahrrad auch – du hast es getreten!«

»Tut mir leid, aber warum ist es mir auch in den Weg gesprungen?«, gab ich zurück.

Der blonde Knirps in Jeans und Drachen-T-Shirt legte den Kopf schief und musterte mich. »Hm, es ist abenteuerlustig und lernt gern andere kennen«, erklärte er dann altklug.

»Indem es sie stolpern lässt? Gäbe es da nicht freundlichere Methoden?«

Der Knabe grinste mich an. »Wie heißt du?«

»Hexe!«, brummte ich boshaft, doch er erschrak nicht.

»Oh, dann ist das da für dich!«, meinte er und kramte mit seiner linken Hand in den Tiefen seiner Hosentasche. Die nicht sehr saubere Faust tauchte dann wieder daraus auf und er streckte sie mir entgegen. Misstrauisch hielt ich meine Hand unter seine Faust und fragte mich, was für klebriges Zeug wohl gleich an meinen Fingern pappen würde. Er öffnete seine Hand, und etwas Kühles, Glattes landete in meiner. Ich starrte auf den dunkel glänzenden Stein, der vor heilender Energie nur so pulsierte, und blickte dann den Jungen an.

»Sie wollen eine Auszeit, um sich zu sammeln, hat er gesagt. Wenn sie bereit sind, wieder zu helfen, dann wird er strahlen, ganz weiß, und dann kommen sie zurück, hat er gesagt.« Der Knirps atmete tief aus, so als habe er sich gerade einer schweren Last entledigt.

»Wer hat das gesagt?«

»Na, der Stein da.« Er schüttelte den Kopf und sah mich an, als ob ich beschränkt sei.

»Der Stein, so!«, murmelte ich. »Und woher weißt du, dass der für mich ... Nein, nein, schon gut, das hat er gesagt, nehme ich an.«

Der Junge nickte grinsend, dann hob er sein Fahrrad auf und schob es zum Haus, ohne sich noch mal nach mir umzublicken.

In meiner Hand pulsierte der Botschafter der Heilenergie. Ich rappelte mich auf und sah mich um. Der Tag schien wieder heller zu sein. Meine Finger schlossen sich leicht um den dunklen Stein, und so schob ich meine Hand in die Jackentasche.

Es gab Hoffnung. Es gab immer Hoffnung. Eine Auszeit der Heilsteine. Ich lachte immer noch, als ich zuhause ankam. Für meinen Zirkel würde ich mir was anderes einfallen lassen.

Kicher-Trabant

»Und, haben Sie schon von der Raumstation gehört? Die neue Besatzung muss doch schon angekommen sein?«

»Ähm, nein, nicht wirklich. Also ...« Der Mann am Computer starrte auf seinen Bildschirm und wagte nicht, den Direktor der Bodenstation anzusehen.

»Was soll das heißen – nicht wirklich? Haben Sie oder haben Sie nicht?«

»Ich ... Es kam eine Meldung vor zwei Stunden, dass sie angedockt haben, und dann eine vor drei Minuten, aber ... Vielleicht möchten Sie die Aufzeichnung anhören?«

»Sagen Sie mir doch einfach kurz ... Nein, schon gut, spielen Sie sie ab!«

Der Mann am Computer ließ seine Finger über die Tasten tanzen, dann tönte ein Rauschen aus den Lautsprechern in den Zimmerecken. Der große Raum war leer, denn es war mitten in der Nacht, und der Mann am Computer war der Einzige, der Dienst hatte. Ein Kichern hallte laut durch den großen Raum mit den vielen Computerstationen, dann war ein Schluckauf zu hören.

»Trabant 13! Ihr Statusbericht!«, ertönte jetzt die Stimme des Mannes am Computer aus den Lautsprechern. Ein kieksendes Kichern, dann: »Alles sternenklar, coole Orga.« Der Raum füllte sich wieder mit Rauschen, das von Lachen und Kichern durchzogen schien.

»Trabant 13, Ihr Statusbericht!« Die Stimme des Mannes am Computer klang jetzt leicht verzweifelt.

»Super! Die Sterne leuchten, der Boden glänzt ...« Der Rest ging wieder in Kichern unter.

»Was zum Teufel ist da oben los?«, polterte der Direktor. »Stellen Sie sofort eine Verbindung zu Trabant 13 her!« Die Aufzeichnung brach ab, als der Mann am Computer eine Taste drückte, dann flogen seine Finger wieder hin und her. Auf dem großen Bildschirm an der gegenüberliegenden Wand tauchte eine Raumstation im All auf – eine Aufnahme vermutlich –, dann erschien das Innere eines Raums voller Computer und bequemer Sitze.

»Trabant 13, geben Sie sofort einen klaren Statusbericht durch«, grollte der Direktor.

Stille.

»Trabant 13! Melden Sie sich!«

Ein Rascheln war zu hören, eine Hand erschien hinter einem Schreibtisch, fand Halt an dessen Kante. Ein Mann zog sich mühsam hoch, ein verwirrter Ausdruck lag auf seinem Gesicht. Ein Kichern entkam seinen Lippen, und er schlug eine Hand vor den Mund.

»Bericht!«, blökte der Direktor.

»Sir ...« Kichern. »Sorry, Sir, wir ...« Ein Kieksen.

»Was soll der Blödsinn?« Der Direktor beugte sich wütend in Richtung Bildschirm. Hinter dem kichernden Mann mit dem entsetzt verwirrten Gesichtsausdruck erschien eine Gestalt in einem Raumanzug.

»Entschuldigen Sie, Sir, wir hatten leider einen kleinen Zwischenfall.« Die Gestalt steckte dem kichernden Mann ein Atemgerät auf, dann fuhr sie fort: »Das Sauerstoff-Gemisch wurde durch eine noch nicht identifizierte Quelle auf eine Weise variiert, die zu Lachanfällen und Kicherattacken beim gesamten Personal führte. Ich blieb verschont, weil ich gerade eine Außenreparatur durchführte – im Raumanzug. Alle – fast alle – sind in ein erschöpftes Lachkoma gefallen. Ich werde …«, eine Pause, dann: »… mein Bestes tun, wir alle … ja!« Die Gestalt im Raumanzug brach ab, gluckste einmal, fing dann zu lachen an: »Ich werde mein Bestes tun, mich auch zu amüsieren. Over and out!« Die Übertragung brach ab.

Der Mann am Computer starrte schweigend vor sich hin. Der Direktor japste vor Ärger, dann befahl er: »Verbinden Sie mich mit Bodenstation Zentrum!«

In Absprache mit dem obersten Weltraumgremium wurde beschlossen, den Kicher-Trabanten 13 unter Quarantäne zu stellen und seinem Schicksal zu überlassen. Es konnte nicht riskiert werden, dass die haltlosen Kicheranfälle womöglich auf die ganze Welt übergriffen. Über Fernsteuerung wurde der Schubantrieb der Raumstation 13 aktiviert und diese auf einen unkoordinierten Weg ins Zentrum des Universums in Bewegung gesetzt.

300 Jahre später wurde die Erde mit allen Raumstationen von kichernden Aliens übernommen, die den technologieverbohrten Erdenbewohnern einen neuen Anfang schenkten, indem sie ihnen die fröhlich unbekümmerte Art von Kindern zurückgaben.

Rastas Freiflug

Die Rakete zitterte, die Triebwerke wurden zur Probe hochgefahren, alle Checks mit der Bodenstation durchgegangen.

Rasta saß hinter den beiden Astronauten – dem Piloten und dem Navigator – und atmete tief. So hatte sie sich die Erfüllung ihres Traums nicht vorgestellt. Rasta umklammerte die Armlehnen des Sitzes, an dem sie festgeschnallt war. Sie schloss die Augen und erinnerte sich fast körperlich an den Traum ihrer Kindheit: Ins All fliegen, ihre Heimat Tabu – den gelbroten Planeten – von außen sehen, die Weite und Ungebundenheit des Universums erfahren.

Jetzt war es soweit. Die Triebwerke dröhnten immer lauter, die Töne wurden höher und tiefer zugleich; Rasta spürte dunkle Vibrationen außerhalb ihres Hörbereichs durch ihren Brustbereich brummen. Dann hoben sie ab. Zuerst schien es, als wolle der Planet sie nicht loslassen, doch als die erste Raketenstufe abgeworfen und die zweite Stufe gezündet war, kamen sie schnell höher. Durch die grün-roten Wolken stießen sie hindurch, hinaus ins Schwarz des ewigen Raumes.

Rasta starrte gebannt aus dem Fenster, auf die Wolkenbänder, die Tabu überzogen, die roten Meere, die blauen Wälder. Kindliche Begeisterung tanzte durch ihren Körper, dann riss der Pilot sie aus ihrer Versunkenheit: »Ausstieg in zehn Minuten.«

Der Navigator erhob sich von seinem Sitz, hangelte sich in der Schwerelosigkeit zu ihr, löste die Handschellen, die ihre Arme an den Sitz gebunden hatten, nur um ihr die

Handgelenke sofort wieder vor dem Bauch zusammenzuketten. Dann löste er den Bauchgurt. Ihre Beine waren nicht gefesselt gewesen, doch jetzt wurden die Fußgelenke ebenfalls zusammengekettet, sodass ihr nur wenig Bewegungsfreiheit blieb. Alle Ketten lagen über dem Raumanzug. Der Mann zog sie langsam hoch und bugsierte sie vorsichtig, wie ein wertvolles Paket, zur inneren Drucktür der Ausstiegsluke.

»Drei Minuten«, ertönte die Stimme des Piloten.

Mit einem Zischen öffnete sich die erste Tür, und Rasta wurde in die Schleuse geschoben. Dann wurde die Tür wieder von innen verschlossen. Ihre innere Uhr zählte die Sekunden. Gleich würde sie mehr Freiheit in gleichzeitiger Gefangenschaft erfahren, als sie jemals gewollt hatte. Der Pilot musste anders gezählt haben als sie, denn Rasta war schon lange bei 0 angelangt, hielt den Atem an, wartete. Dann ertönte wieder ein lautes Zischen, als alle Luft aus der Druckkammer entwich und sich schließlich die Außentür lautlos öffnete. Ein metallener Greifarm versetzte Rasta einen Schub und trieb sie hinaus. Sie schrie. Schrie ihre Wut und ihre Angst hinaus. Nannte die Regierenden von Tabu bei jedem Schimpfnamen, der ihr einfiel, und bei einigen, die sie spontan erfand. All ihre Träume und Hoffnungen würden mit ihr sterben und wohl auch jede Hoffnung auf Öffnung und mehr Freiheit für die Menschen auf Tabu, die erstarrt unter den Regeln und Ritualen der Herrschenden lebten. Sie hatte so viel Liebe und Enthusiasmus in ihre Bemühungen gesteckt, die rigiden Vorschriften und die Enge des Denkens auf dem Planeten zu verändern. Sie war sicher gewesen, eine neue Zeit einleiten zu können. Doch sie hatten sie festgesetzt, verurteilt und mit »ewiger Freiheit« bestraft. Der Anzug, in dem sie durchs All trieb, würde sie mindestens einen Monat am Leben halten, kreisend auf einer Umlaufbahn um den Planeten, für dessen Verbesserung sie alles gegeben hätte. Für dessen Verbesserung sie gerade alles gab – ohne ihr Ziel, ihren Traum, verwirklicht zu haben.

Sie trieb dahin, drehte sich konstant um sich selbst, sah die Rakete immer weiter wegtreiben, erblickte im Wechsel den Planeten, die Rakete und die drei Monde, die gerade hinter Tabu hervorkamen.

Wieso drei Monde?, fragte sich Rasta. Es waren immer nur zwei von Tabu aus zu sehen gewesen. Sie zwinkerte die Tränen aus den Augen, dann zuckte sie mit den Schultern. Wahrscheinlich lag der dritte einfach so hinter den anderen, dass er von Tabu aus nie zu sehen war.

Nach einer Weile schlief sie erschöpft ein. Verzweiflung und Trauer, wütende Auseinandersetzungen, eine Wiederholung ihrer Gerichtsverhandlung – die Träume wechselten sich ab, keiner davon hoffnungsvoll oder schön. Als sie erwachte, war sie den drei Monden viel näher. Auf dem dritten blinkte ein Licht. Rasta kniff die Augen zusammen, hätte sie gern gerieben. Was war das? Sie spannte und löste ihre Muskeln, um die unangenehmen Verkrampfungen zu lösen, während sie weiter das seltsame Licht beobachtete, wann immer die Drehungen es in ihr Blickfeld brachten. Je näher sie kam, desto mehr kam sie zu dem Glauben, dass es sich bei dem dritten Mond um ein

Raumfahrzeug handelte. Aber ein Raumfahrzeug von wem? Tabu hatte ihres Wissens noch nicht die Fähigkeit (geschweige denn das Interesse), solch ein großes Raumschiff zu bauen. Gab es also andere Lebewesen im All? Beobachteten sie Tabu? Sollte sie eine Chance haben, gerettet zu werden, zu überleben?

Hinter den beiden Monden startete das Raumschiff seine Triebwerke.

Der verlassene Socken

Lustlos und traurig lag er zwischen den ordentlichen Paaren herum und ergab sich in sein Schicksal. Was sollte er schon tun? Sein Partner war weg. Er verstand es einfach nicht. Wo kam diese Reiselust, dieses Fernweh her? Sie hatten es doch schön zusammen gehabt. Aneinander gekuschelt schlafen, bis Alltag und Arbeit riefen. Sich immer gemeinsam in die gleiche Richtung bewegen. All das war Sicherheit und Zufriedenheit für ihn. Das war alles, was er selbst je gebraucht hatte. Lag es an der linksorientierten Einstellung seines Partners – er seufzte: Ex-Partner sollte er wohl sagen –, dass dieser sich mit so einem konventionellen Leben nicht zufriedengeben konnte?

In diese Gedanken versunken hatte er gar nicht bemerkt, dass er jetzt nicht mehr zwischen Paaren lag. Er schwang durch die Luft, und »klip«, da hing er mit anderen zusammen an einer Wäscheklammer.

»Au!«, beschwerte er sich, aber da wurden sie schon zusammen in die Schublade gebettet.

»Na? Auch verlassen?«, fragte eine künstlich munter klingende Stimme.

Er sah sich um. Das war wohl von dem dunkelblauen Socken links von ihm gekommen.

»Wer seid ihr? Wieso …?«

»Wir sind die Socken-Selbsthilfegruppe dieser Schublade«, flüsterte eine traurige Stimme rechts von ihm. Eine hellgraue Socke mit feinen schwarzen Streifen ließ sich ziemlich hängen.

»Wie lange ...«

Auch diese Frage konnte er nicht vollständig stellen. Der tiefschwarze Socken ihm gegenüber fiel ihm ins Wort: »Unterschiedlich. Aber ich bin am längsten hier, deswegen habe ich das Sagen. Alles klar?«

Er schluckte. Was war das denn für ein arroganter Sock. »Nein«, sagte er ruhig. »Ich habe nicht darum gebeten, zu euch gesellt zu werden, und was heißt hier schon das Sagen haben? Wir sind alle verlassen, ungebraucht – warum drüber reden? Entweder kommt der andere irgendwann zurück, dann leben wir wieder glücklich weiter, oder eben nicht, dann ...« Er brach ab, räusperte sich und fuhr fort: »Dann fliegen wir sowieso irgendwann raus und werden recycelt.«

Entsetztes Schweigen breitete sich um ihn aus ob seiner klaren Worte. Er drehte sich im Geiste weg von den anderen und hing wieder seinen Gedanken nach. Was suchte sein Partner draußen in der weiten Welt? Ohne Fuß, der ihn trug, ohne Schuh, der ihn schützte? Wie kam er überhaupt voran? Was glaubte er, erreichen zu können? Sie waren aus einer Wolle gestrickt. Und doch – er hatte ihn verloren.

»Weißt du ...«, die hellgraue Socke mit den dunklen Linien schmiegte sich schüchtern an ihn, »wir können uns doch einfach zusammentun, während wir darauf warten, dass unsere Partner wiederkommen. Uns ... unterhalten ... und Geschichten erzählen ... uns trösten? Manchmal bin ich so traurig und ...« Das Flüstern wurde noch leiser. »Der

Schwarze ist so rabiat, er hat so gar keinen Sinn für die feineren Fäden des Lebens.« Ein leiser Schluchzer. »Ich fühl mich so allein.«

Er betrachtete die traurige, kleine Socke und kuschelte sich dann freundlich an sie. »Jetzt warten wir doch gemeinsam«, tröstete er sie und hatte seine harschen Worte von vorher schon vergessen. »Erzähl mir von deinem Partner und von dem, was ihr zusammen erlebt habt«, forderte er sie dann auf.

So vertrieben sie sich die Zeit mit dem Austausch von Geschichten aus ihrem Leben, während die anderen verlassenen Socken sich lustig machten, sie schmähten. Einige gingen, anderen kamen, doch er und die kleine graue Socke bildeten eine neue Einheit, die zwar nie von Füßen getragen, nie von einem Schuh geschützt wurde, aber sie waren in einen zufriedenen Kokon der unterschiedlichen Gemeinsamkeiten gehüllt, der sie davor bewahrte, entsorgt zu werden.

Und wer wusste schon, dachte er manchmal bei sich, vielleicht würden sie irgendwann doch an Füßen in Schuhen gemeinsam in die gleiche Richtung gehen. Auch ohne den passenden Partner.

Lustvoll und annehmend schmiegte er sich an die kleine graue Socke mit den klaren schwarzen Linien und lauschte ihren hoffnungsvollen Erzählungen.

Das gelbe Licht

Die gelbe Lichtkugel schwebte vor dem Fenster. Es war Nacht, die Sterne waren hinter Wolken verborgen. Das Zimmer hinter dem Fenster war ebenfalls dunkel, aber die Vorhänge waren nicht zugezogen. Das kleine gelbe Licht stupste an die Glasscheibe, schickte ein paar dünne Strahlen hindurch. »Mach mir auf, lass mich rein«, dachte es und stupste wieder. Die Glasscheibe vibrierte unter der Wärme der dünnen Strahlen und klirrte etwas.

Im Zimmer schob sich ein zerzauster, dunkler Haarschopf unter der Bettdecke hervor. Dann öffnete sich ein Auge, und einer der gelben Lichtstrahlen spiegelte sich darin. Mit einem Ruck setzte sich die kleine Gestalt auf und starrte die Lichtkugel vor dem Fenster an.

»Lass mich rein, mach mir auf«, dachte die Lichtkugel wieder.

Das kleine Mädchen im Zimmer schob seine Beine unter der Bettdecke hervor und stand auf. Es tappte zum Fenster und legte die Hand gegen die Scheibe. Die Lichtkugel schickte einen dünnen Strahl hindurch und kitzelte die kleinen Finger. Ein Strahlen ging über das Mädchengesicht. Die Hand bewegte sich zum Fenstergriff. Er war schwer zu bewegen, aber als das Mädchen die zweite Hand zu Hilfe nahm, ging das Fenster auf.

»Oh«, machte die Kleine, als die Lichtkugel ins Zimmer schwebte und dann wie ein Irrlicht herumhuschte, mal diese, mal jene Ecke erleuchtete. Das Mädchen sah ihr hinterher. Nach einer Weile beruhigte sich die Lichtkugel und kehrte zu dem Mädchen zurück; sie schwebte vor ihr, dann bewegte sie sich zum Bett. Das Mädchen erinnerte sich ans offene Fenster und schloss es, dann kletterte sie zurück in ihr noch warmes Bett.

»Wer bist du?«, flüsterte sie der Lichtkugel zu und hob die Hände, um sie sanft um die Kugel zu legen. Die rollte zwischen ihren Handflächen hin und her und strahlte.

»Dein Licht, ich bin dein Licht. Ich hab dich überall gesucht.«

Das Mädchen führte die Hände zusammen und berührte die gelbe Lichtkugel von allen Seiten, bis nur noch kleine Lichtstrahlen zwischen ihren Fingern hindurchblinzeln konnten. Wärme schien in ihre Hand einzudringen, und aus der Kugel erklang ein Summen. Und dann hielt sie plötzlich einen kleinen, festen Ball in den Händen. Sie öffnete die Finger und sah ihn an, der jetzt im Dunkel wie grau in ihren Händen lag.

Die Tür ging auf, und die Mutter des Mädchens trat ein. »Alissa, bist du wach? Mit wem redest du?«

Das Deckenlicht ging an, und Alissa barg die Kugel fest zwischen ihren Händen.

»Was hast du da?«, fragte die Mutter.

»Nur einen Ball«, sagte Alissa.

»Gib ihn mir, du sollst schlafen und nicht spielen.« Die Mutter schüttelte den Kopf, als sie ans Bett trat und die Hand auffordernd ausstreckte.

»Aber, es ist doch ...« Alissa verstummte und öffnete die Hände zwischen denen ... nichts zum Vorschein kam.

»Alissa? Wo ist der Ball?«

»Ich ... ich habe nur geträumt.« Die Kleine blickte enttäuscht auf ihre leeren Hände.

»Schlaf jetzt, Kind«, sagte die Mutter, gab ihr einen schnellen Kuss auf die Stirn, drückte sie ins Kissen zurück und deckte sie ganz zu. »Kalt ist es hier. Schlaf jetzt!« Sie löschte das Licht und ging hinaus.

Alissa schob die Hände unter der Bettdecke hervor und versuchte, im Dunkel etwas zu sehen. Und da leuchtete die gelbe Kugel wieder zwischen ihren Handflächen auf, schien sich zusammenzuziehen und war wieder erloschen. »Ich bin dein Licht, du verlierst mich nicht«, versprach sie aus dem Dunkel.

Alissa schlief mit einem Lächeln auf den Lippen ein.

Nareda in der Stadt der Blauen Seelen

Nareda fuhr zusammen. Der Schatten hatte sich bewegt, da war sie sicher. Für einen kurzen Augenblick hatte er sich zu etwas Dunklerem zusammengezogen, und doch war jetzt alles wieder unbewegt, die Grenze zwischen dem Licht der Straßenfunzel und den Schatten der Gebäude wieder ruhig und undefiniert verschwommen. Sie ging weiter. Was blieb ihr schon übrig? Seit sie in diese unbekannte Welt gefallen war, war jede Minute von Unsicherheit geprägt.

Die Seiltänzerin hatte sie in ihr Dorf geführt. Sie hatte dort niemanden sonst gesehen, es war wie ausgestorben, und doch waren überall Zeichen täglich gelebten Lebens zu sehen. Vor einer Holzhütte stand Gemüse, das aufs Putzen wartete, vor einer anderen hing Wäsche zum Trocknen auf einer Leine. Seltsame Wäsche, eher mittelalterlich anmutende Kleidung.

Die Seiltänzerin wohnte in einem Baumhaus. Nicht wirklich überraschend angesichts ihrer Lebensaufgabe. Sie hatte ihr zu essen und trinken gegeben und sie danach ausschlafen lassen. Der Schlaf war nach dem Mahl ganz plötzlich über sie gekommen.

Als Nareda erwachte, war sie allein im Baumhaus. Sie trat unter die offene Tür und sah die Seiltänzerin über für sie selbst unsichtbare Seile tanzen, die wohl zwischen den Holzhütten und den Bäumen und auch einfach nur ohne Anfang und Ende durch die Luft zu verlaufen schienen. Manchmal, wenn sie sie nur aus den Augenwinkeln beobachtete, blitzten kristallene Lichter unter den Füßen der Seiltänzerin auf. Doch nicht nur unter ihren Füßen; sie schlug auch Salti, stand auf den Händen, hangelte sich durch die Luft.

Nareda blieb die Luft weg. Sie wagte nicht sie anzusprechen, aus Angst, dadurch ihre Konzentration zu stören und sie damit aus dem Gleichgewicht zu bringen.

»Keine Sorge, ich falle nie«, lachte die Stimme der Seiltänzerin. »Bist du bereit?«

»Bereit wofür? Kannst du mich zurückbringen?«

Die Seiltänzerin verhielt in ihren akrobatischen Kapriolen und sah Nareda nachdenklich aus ihren dunklen Augen an. Dann lief sie leichtfüßig über ein unsichtbares Seil zu ihr und hüpfte neben sie in den Eingang zum Baumhaus.

»Schau dir diese Welt an, ist sie nicht wunderbar?«, sagte sie, während ihre linke Hand einen weiten Kreis beschrieb. »Sie ist deine Zukunft. Erforsche sie, staune, fürchte, kämpfe und lebe in ihr. Das ist deine Bestimmung!«

Entsetzt blickte Nareda sie an: »Nein, das geht nicht. Ich muss zurück! Ich habe Verpflichtungen, eine Arbeit, Familie, Freunde. Sie werden mich vermissen, sich Sorgen machen. Ich kann nicht hierbleiben und mich in dieser fremden Welt verlieren, mein Leben verlieren!«

Die Seiltänzerin wandte ihr den Kopf zu. Sie war kleiner, und doch strahlte sie Erhabenheit und Weisheit über ihre sichtbaren Jahre hinaus aus. »Du bist hier, weil du gewählt hast, hier zu sein. Deine Suche hat dich hierhergebracht. Jetzt gibt es kein Zurück mehr, nur ein Vorwärts. Es ist deine persönliche Suche, und du kannst ihr nicht entkommen. Geh hinaus, tanze durch diese Welt, tanze über die Seile, wenn du sie finden kannst. Sei mutig, sei du selbst, gehe voran. Was sein soll, wird dir folgen, dir begegnen, dich herausfordern, und du wirst finden, was sein soll.«

Bevor Nareda weitere Einwände erheben konnte, war die Seiltänzerin in langen, luftigen Sprüngen wieder über die Seile getanzt und zwischen den Baumwipfeln verschwunden.

Nachdem sie ihr erstes Entsetzen überwunden hatte, suchte sich Nareda mit schlechtem Gewissen, aber entschlossen, in der Hütte ein Tragbehältnis, packte Lebensmittelvorräte ein und auch eine warme Decke. Dann kletterte sie vorsichtig den Baum hinunter und ging los. Das Dorf lag so verlassen wie am Tag zuvor, und sie ergänzte ihren Lebensmittelvorrat noch hier und da durch ein paar Kleinigkeiten. Ist ja nur Mundraub, beruhigte sie ihr aufgeregt protestierendes Gewissen. Auch ein Messer steckte sie ein, das vor einer der Hütten lag. Welche wilden Tiere sich in dieser Welt wohl herumtreiben mochten?

Sie drehte sich in der Mitte des Dorfes einmal im Kreis und versuchte sich zu erinnern, wo sie hergekommen war. Alles sah gleich und doch anders aus. Schließlich seufzte sie und wählte einfach irgendeine Richtung. Sie ging los. Einen halben Tagesmarsch durch den kleinen Wald und über Felder. Nichts und niemand begegnete ihr. Es war, als wäre diese ganze Welt ausgestorben. Sie hörte Vögel zwitschern und Insekten summen, aber sie sah sie nicht. Sie lief wie durch einen Nebel, obwohl die Sonne freundlich vom blassblauen Himmel schien. Es war kühl, wohl Frühling, aber noch nah am Winter. Zuhause war noch Winter gewesen. Zuhause ... Sie schob den Gedanken schnell weg und konzentrierte sich auf ihre Schritte.

Als sie eine Stadt erreichte, war es schon Abend geworden. Hier endlich sah sie hin und wieder eine Gestalt durch die Straßen eilen, doch wenn sie versuchte, jemanden anzusprechen und um Hilfe zu bitten, so wichen sie nur ängstlich oder unwillig aus und eilten weiter. Gelegentlich wurde sie misstrauisch gemustert. Ihre Kleidung fiel auf. Zu modern und ungewöhnlich im Vergleich zu der Gewandung, die hier üblich zu sein schien. Sie wickelte die Decke um sich, um ihre Kleidung zu verbergen, aber auch, um die Kühle abzuwehren, die mit einbrechender Nacht ausgeprägter wurde. Ziellos lief sie durch die Straßen, ihre Angst wurde immer größer. Die Stadt in der Nacht mochte viel gefährlicher sein als der Wald bei Tag. Und nun bewegten sich die Schatten.

Ihr Verstand protestierte. Das war nicht möglich! Es kann nicht sein! Das ist nicht real!

Die Schatten wurden dunkler und bewegten sich von allen Seiten auf sie zu. Sie wurde sich eines unterschwelligen Brummens und Stöhnens bewusst. Gelegentlich drang ein fast hilfesuchendes Wimmern dazwischen hervor. Dann merkte sie, dass dieses Wimmern aus ihrer Kehle kam. Die Schatten waren nur das: dunkel. Keine Gesichter zu erkennen. Die Gliedmaßen, die sich gelegentlich durch die Vorwärtsbewegung von dem einen oder anderen Schattenkörper trennten, schienen krumm und unförmig.

Nein, sie würde nicht ohne Kampf aufgeben! Entschlossen richtete sie sich auf, ihre Gestalt in ihrer Vorstellung noch viel größer, als ihr Körper eigentlich war. Sie konzentrierte sich darauf, die gewohnte Selbstsicherheit auszustrahlen, dann sagte sie ruhig und mit klarer Stimme: »Kann mir jemand den Weg weisen? Ich bin fremd in dieser ...«, sie zögerte kurz., Welt klang zu seltsam, »... in dieser Stadt. Ich suche eine sichere Unterkunft für die Nacht und gern auch Geschichten und Informationen über diese Welt. Ich biete Geschichten gegen Geschichten. Irgendjemand Interesse?«

Spöttisch kommentierte ihre logische Seite, wie unwahrscheinlich es war, dass hier jemand ihre Sprache verstand, und wenn, dann bestimmt nicht diese Monster der Nacht. Doch entgegen allen Erwartungen hatten ihre Worte eine Wirkung. Die Vorwärtsbewegungen der Schatten waren zum Stillstand gekommen. Sie schienen zu lauschen. Als nichts weiter geschah, bewegten sie sich wieder auf sie zu. Sie befand sich inzwischen in der Mitte eines Kreises aus Schatten, der circa fünf bis sechs Meter im Durchmesser betrug und enger wurde. Und enger. Die schwarzen Schattenwesen umgaben sie wie eine wogende dunkle Mauer, manche von ihnen waren bis zu zwei Meter hoch.

»Okay, dann fange ich an.« Ihre Stimme zitterte etwas, und schnell ballte sie die Finger zu Fäusten und verdrängte jedes Zeichen von Angst aus ihrer Stimme. »Ich komme aus einer Welt weit weg von hier. Es gibt dort wundersame Dinge, von denen ich euch berichten möchte. Fest sind unsere Straßen, und Gefährte bewegen sich darüber, die nicht von Lebewesen gezogen werden.« Sie ging davon aus, dass Höllenwesen nichts von Autos wussten. Sie spann eine Geschichte, während sie in der Mitte dieses Kreises aus dunklem Nichts stand, drehte sich beim Erzählen immer wieder langsam um sich selbst, um nach und nach alle Wesen zu sehen. Diese blieben stehen, schwankten im Rhythmus ihrer Stimme hin und her, und ihr Brummen und Stöhnen wandelte sich in ein fast melodisches Summen, das mit ihrer Geschichte anschwoll und ruhiger wurde, je nachdem, wie ihre Stimme sie führte.

Wie lange wirst du das noch durchhalten?, flüsterte ihr Verstand verräterisch, doch sie ignorierte ihn. Irgendwann würde die Nacht vorüber sein. Dann würden die Schatten bestimmt verschwinden. Doch so lange dauerte es gar nicht. Plötzlich stand sie völlig allein mitten auf der Straße, die Schatten lagen wieder ruhig und unauffällig da, wo sie hingehörten, und ihre letzten Worte verklangen so, als hüpften sie fröhlich wie Kinder die Straße entlang.

Hinter ihr ertönte Hufgeklapper. Sie wandte sich um. Und schloss geblendet die Augen. Ein fahlblaues Leuchten erhellte die Straße, nur unterbrochen vom eher blau wirkenden Schwarz des großen Pferdes, auf dem die leuchtende Gestalt saß. Nareda öffnete ihre Augen nur einen Spalt, um sie vor dem hellen Licht zu schützen, und fuhr entsetzt zurück, als aus den Nüstern des Gauls beim Ausatmen Flämmchen züngelten.

»Habt keine Angst.« Die Stimme klang lieblich süß und rieselte wie eine Liebkosung über ihre Haut. »Haben Euch die Schatten etwas getan? Wir haben erst jetzt gemerkt, dass etwas nicht stimmt. Verzeiht, dass ich nicht schneller hier war, Euch zu schützen.«

Das habe ich selbst schon ganz gut hingekriegt, dachte Nareda bei sich, doch laut antwortete sie mit freundlichem Dank. »Wer sind Sie?«, fragte sie dann.

»Blaue Seele Nummer Acht«, antwortete die liebliche Stimme. »Kommt, ich bringe Euch in Sicherheit. Meine Burg ist nicht weit, dort haben die Schatten keinen Platz.«

Nareda zögerte. Alles in ihr schrie nach Schlaf und Sicherheit, nach jemandem, der sich um sie kümmerte und ihr die Entscheidungen für eine Weile abnahm. Doch das Pferd passte nicht zu der Freundlichkeit der Einladung. Irgendetwas stimmte nicht mit diesem Bild. Was sollte sie tun?

»Das Angebot ist sehr nett, doch es würde mir schon genügen, wenn Sie mir den Weg zum nächsten Gasthaus zeigen.«

Ein glockenklares Lachen wallte durch die Nacht, und die Schatten verkrochen sich etwas mehr in die Nähe der Hauswände. »Alle Gastfreundschaft und Unterkunft ist nur in den Burgen der Blauen Seelen zu finden. Außerhalb ...«, die Stimme nahm auf einmal einen kaum wahrnehmbar drohenden Unterton an, »außerhalb regieren Angst und Tod. Bei mir werdet Ihr sicher sein. Speisen und Getränke stehen bereit, Ihr werdet ein gemütliches Schlaflager vorfinden, und morgen sprechen wir über Eure Zukunft in unserem Reich. Jetzt kommt!« Eine elegante, bläulich-bleiche Hand streckte sich ihr entgegen, um ihr auf das Pferd zu helfen. Dessen Augen blickten sie finster an, und weitere Flammen züngelten aggressiv aus den Nüstern.

Sie trat einen Schritt zurück. Das bläuliche Leuchten nahm eine dunklere Färbung an, und auf der im Licht kaum zu erkennenden Stirn der ätherischen Gestalt schienen sich dunkle Falten zu bilden. Nareda drehte sich um und rannte in eine kleine Gasse, die sie in den Schatten entdeckt hatte. Während sie lief, murmelte sie Worte, ohne zu wissen, was sie sagte. Sie achtete nur darauf, dass ihre Stimme warm und freundlich klang: »Helft mir, ihr Schatten, ich verspreche Geschichten. Helft mir, der blauen Seele zu entkommen, lasst das Höllenpferd nicht zu mir. Gemeinsam sind wir stark. Helft mir, ihr Schatten, ich nehme euch an. Helft mir, und ich werde euch Geschichten erzählen.« Wie ein Mantra flüsterte sie die Worte in die Schatten, die sich um sie zusammenzogen, sie nie berührten und sie doch vor den Blicken des Lichts verbargen. Von weitem hörte sie das wütende Schnauben des Höllenpferds und die kreischend-liebliche Stimme der Blauen Seele Nummer Acht, die ihr nicht durch die Enge der Gasse folgen konnte. Sie glaubte, auch das Stöhnen der Schatten zu hören, die dem Licht am nächsten waren und sie mit ihrem Schmerz schützten. Sie wusste nicht, wie lange sie so durch die Gassen hetzte, die ineinander übergingen, ohne sich wirklich voneinander zu unterscheiden. Schließlich brach sie erschöpft in einem dunklen Hauseingang zusammen.

»Was ist dies nur für eine Welt?«, flüsterte sie dem dunklen Schatten zu, der sich wie eine schützende Decke um sie legte. Leise fing sie zu summen an, zu müde, weitere Geschichten und Worte zu spinnen. Der Schatten summte dunkler dazu, und die Klänge durchzogen ihren unruhigen Schlaf, dem sie nicht länger entrinnen konnte.

Die Blaue Seele Nummer Acht kehrte inzwischen wütend in ihre Burg zurück und warnte ihre Geschwister vor der Gefahr, die in ihre Stadt und ihre Welt eingezogen war.

Die Seiltänzerin hing mit beiden Händen an einem Seil ohne Anfang und Ende und schwang hin und her. Sie lächelte. Sie lächelte.

Lichttiere

Maria de la Notte bewegte sich langsam durch den Wald. Sie war der Erfüllung ihres Forschungsauftrags nah, das spürte sie deutlich. Sie drehte schnell den Kopf. Nein, nichts. Sie schlich weiter über den weichen Waldboden und versuchte, nichts zu sehen. Da! Diesmal wandte sie den Kopf nicht, sondern sah weiter vor sich hin, aber sie verhielt ihre Schritte. Unwillkürlich schloss sie die Lider, bis sie nur noch durch einen Spalt undeutliche Schemen sah. Und dann kamen sie.

Es waren tatsächlich mehrere. Vorher hatte sie immer nur einen Lichtschimmer gesehen, doch jetzt glitten, flogen und liefen sie heran: Lichttiere. Wendige kleine Kugeln mit kurzen Beinen, die zischend über den Waldboden flitzten wie Flammenfunken. Fliegende Formen aller Art, die von gleißend hell bis dunkelrot glühend changierten. Und die majestätischen Lichtläufer mit ihren sechs Beinen und den großen Geweihen, deren Enden wie elektrisch flimmerten.

Sie sank auf den feuchten Waldboden nieder, legte ihre Hände geöffnet auf den Knien ab – ein Bild harmloser Friedfertigkeit. Sie wusste nicht, was passieren würde, wenn eines der Lichttiere sie berührte. Doch mit all ihrer Kraft hoffte, wünschte sie, es möge geschehen. Vergessen war der Forschungsauftrag, das wissenschaftliche Interesse. Sie spürte nur noch die kindliche Faszination, das ungläubige Wunder dieses Augenblicks.

In diesem Moment sprang eines der kleinen Kugellichter in ihre geöffneten Hände und richtete sich dort gemütlich ein – wie eine Katze, die sich ihren Schlafplatz zurechttrippelt. Es war ein heißes Gefühl, das prickelnde Spitzen bis in ihre Arme schickte. Ein Lichtvogel ließ sich mit feuerzischenden Schwingen auf ihrem Kopf nieder, und sie roch verschmortes Haar, doch es war ihr egal. Wärme und Licht umflossen sie, flossen durch sie hindurch. Einer der sechsbeinigen Lichtläufer senkte den Kopf, und von dem Geweihende, das ihr am nächsten war, sprang ein Funke über. Ein Schlag durchfuhr sie, ohne ihren Körper zu bewegen. Und dann war sie nur noch Licht und Wärme.

»Willkommen im Licht, Mensch!«, hörte sie in ihrem Kopf. Der Vogel erhob sich von ihrem Haupt, das Kugelwesen trappelte kitzelnd noch eine Runde in ihren Händen und sprang dann davon. Sie stand auf – leicht und gelöst – und hielt die Hände vors Gesicht. Sie strahlten in einem grünlichen Hell, so wie auch ihr ganzer Körper leuchtete.

»Du bist der erste Lichtmensch unseres Waldes. Wir werden dich lehren, im Licht zu sein und zu bleiben. Missbrauche nicht unser Vertrauen!«

»Was passiert sonst?«, fragte sie, und ihre Stimme klang glockenklar und doch leise, einfühlsam.

»Wer das Licht missbraucht, verbrennt darin«, warnte der Lichtläufer vor ihr, und für einen Moment sah sie schwarzdunkle Augen in dem strahlenden Weiß brennen.

»Was geschieht jetzt?«, fragte sie und betrachtete immer wieder ihre leuchtenden Hände und Arme.

»Folge mir. Jetzt beginnt dein neuer Weg.« Der sechsbeinige Lichtläufer wandte sich ab, die anderen flogen und liefen zum Teil davon, andere umringten sie, um sie zu begleiten. Sie folgte dem Lichtläufer tiefer in den Wald. Ihr Leben unter den Menschen war vergessen.

Nachrichtenmeldung:
Auch nach fünf Tagen wurde noch keine Spur der verschwundenen Wissenschaftlerin Maria de la Notte gefunden, die im Rahmen eines neuen Forschungsauftrags zur Legende des Lichtwaldes zu einer Expedition in die Wälder Lumens aufgebrochen war. Die Suche wurde jetzt eingestellt, da ohne konkrete Hinweise und Spuren keine Möglichkeit zur Rettung besteht. Hinweise werden aber weiterhin unter der nachfolgenden Telefonnummer entgegengenommen. [...]
Und nun zum Wetter ...

Halloween

Die Gestalt bewegte sich langsam, fast unsicher durch die leicht nebligen Straßen der Stadt. Es war kurz vor Mitternacht. Die Straßenlaternen warfen ein mystisches Licht durch die Nebelschwaden. Alle Kinder, die »getrickt und getreatet« hatten, waren mit ihren Schätzen bereits sicher zuhause.

Die Frau in dunklen Hosen und dunkler Jacke ging langsam in Richtung ihrer Wohnung. Sie war auf der Flucht gewesen und traute sich erst jetzt wieder nach Hause. Sie wollte den Nachbarskindern nicht den Spaß verderben, aber sie konnte es nicht leiden, wenn an ihrer Tür geklingelt wurde, ohne dass sie jemanden Bekanntes erwartete. Sie wollte nicht Unmengen von Süßigkeiten oder Obst oder was auch immer bevorraten, um dann die Forderungen der kleinen Gespenster erfüllen zu können. Ihre Wohnung war ihr Schutzraum, ihr eigenes Reich, und sie wollte sich diesem Brauch nicht öffnen, der ihr nicht zusagte.

Die Kirchturmuhr – weit entfernt – pingte kaum hörbar zwölf Mal. Mitternacht. Geisterstunde. Die Frau stand an der Ecke des Wohnblocks. Hier bog sie normalerweise in den kleinen Park ein, der kürzeste Weg zu ihrer Wohnung. Doch es war Nacht. Vernünftigerweise sollte sie den langen Weg nehmen. Mit einem bedauernden Blick ließ sie den Eingang zum Park rechts liegen und ging weiter den Wohnblock entlang.

Der Nebel schien dichter zu werden. Er waberte um die Straßenbeleuchtungen, sodass kaum noch Licht zum Boden hinabfiel. Die Frau wurde notgedrungen langsamer, obwohl sie am liebsten gerannt wäre. Ihre Taschenlampe hatte vorhin den Geist aufgegeben, so musste sie sich behutsam durch den Nebel und dunkle Schatten tasten. Sie stockte. Der Schatten des nächsten Hauses hatte sich ausgedehnt und wieder zusammengezogen. Sie schüttelte den Kopf. So ein Blödsinn! Nur eine Illusion. Sie machte einen Schritt, da schob sich ein noch dunklerer Schatten aus dem des Hauses.

»Trick or Treat«, flüsterte eine Stimme, die rau klang, so als habe sie sehr lange Zeit nichts gesprochen.

Die Frau erstarrte. »Wer bist du?«, fragte sie leise, um das Zittern ihrer Stimme zu verbergen.

»Trick or Treat?« Diesmal klang die Stimme schon flüssiger, so als hätten die ersten Worte sie geölt und gängiger gemacht.

»Was für ein Treat erwartest du denn?«, änderte sie ihre Frage, während ihre Augen die Umgebung nach einer Fluchtmöglichkeit absuchten. Der Schatten vor ihr war immer noch nur das: ein Schatten.

»Treat, treat or trick!«

Sie zog ihre kaputte Taschenlampe aus der Jacke und überlegte, ob ein Schatten niedergeschlagen werden konnte. Als sie Schwung holen wollte, zuckte eine Verlängerung aus dem Schatten, und die Taschenlampe verschwand aus ihrem Griff und in der Dunkelheit.

»Treat, treat!« Die Stimme klang jetzt kindlich glücklich, und der Schatten verschmolz wieder mit dem des Hauses. Die Straße wirkte heller und die Schatten lagen still.

Die Frau sah sich vorsichtig um. Dann bewegte sie sich schnell weiter in Richtung ihrer Wohnung, wobei sie versuchte, die Schatten zwischen den Lichtkegeln zu meiden, was natürlich nicht wirklich möglich war. Als sie sicher in ihrer Wohnung angelangt war, atmete sie tief ein und aus und griff in ihre Jackentasche, überzeugt, dort die Taschenlampe zu finden. Ihre Finger berührten etwas Langes, Dickes und Glattes. Erschrocken zog sie die Hand wieder heraus, riss sich die Jacke herunter und spähte aus sicherer Entfernung in die Tasche, die sie mit beiden Händen offenhielt. Es war eine dicke, rote Kerze. Sie zog sie heraus. Es stand etwas in Zeichen darauf geschrieben, die sie zuerst nicht lesen konnte. Doch dann entfaltete sich der Sinn in ihr: Möge dir immer ein Licht leuchten auf allen Wegen!

Sie stellte die Kerze ins Fenster und zündete sie an – ein Licht für die Schatten der Samhain-Nacht. Dann ging sie endlich schlafen.

Traumflug

Sie schwebte über dem Garten und sah sehnsüchtig hinab, dahin, wo sie zuhause war. Sie konnte nicht weiter hinunter. Es war, als sei ein Wall da, den sie nicht sehen, den sie aber auch nicht durchdringen konnte. Sie rief. Hörte sie denn niemand? Sie bewegte sich leicht durch die Nachtluft. Jede Bewegung schien sie noch leichter werden zu lassen. Sie hatte das Gefühl, sich langsam aufzulösen. Es war dunkel im Haus, in dem sie mit ihrer Schwester lebte. Da, ein Licht ging an, das war in ihrem eigenen Zimmer. Sie schwebte näher zum Schornstein. Der führte direkt in den Kamin ihres Zimmers, und sie konnte gedämpft hören, wie die Tür aufquietschte.

»Sarah? Sarah, wach auf!« Stille, dann lauter: »Sarah, mach keinen Scheiß, wach auf!«

Ich bin doch hier, rief sie, doch die Worte erklangen nur in ihr, nichts war zu hören.

Regen setzte ein, erst sacht, dann heftiger. Sie glaubte sich unberührt davon, doch nach und nach schien der Regen in sie, die sie doch anscheinend nichts war, einzudringen.

»Sarah?!« Die Stimme ihrer Schwester enthielt ein Schluchzen, dann waren Töne zu vernehmen, die eine seltsame Melodie bildeten. Der Regen prasselte jetzt herab. Jeder Tropfen ein Schlag; die Schläge pressten ihre transparente Nicht-Existenz gegen den unsichtbaren Wall. Sie wurde in Millionen Einzelteile von Nichts zerfetzt, dann ... nichts mehr.

Mit einem Keuchen schrak Sarah hoch, saß aufrecht im Bett. Luft, sie bekam keine Luft! Arme schlossen sich um sie, fest, zu fest, dann ließen sie sie wieder los, als sie sich wehrte.

»Sarah! O Gott, Sarah, ich dachte, du bist tot!«

Diesmal umklammerte Sarah ihre Schwester. »Ich flog … doch ich konnte nicht zurück … der Wall … ich hatte Angst …«

Die Türglocke kündigte den Rettungsdienst an. Doch Sarah war schon wieder zuhause.

Der Paradiesvogel und die Katze

Abbildung 3: Andrea Neidhardt Fotografie

»He du, ich rede mit dir!« Der Paradiesvogel sah die Gestalt neben sich auffordernd an, aber die blieb unbewegt sitzen, den Blick auf etwas in der Ferne – oder vielleicht tief in sich – gerichtet.

»Das glaub ich ja nicht!« Der Vogel plusterte sein farbenfrohes Gefieder auf und klackte empört mit dem Schnabel. Er war hier der Schönste. Er war der, den alle bewunderten, mit dem alle, aber auch wirklich alle reden wollten. Wieso ignorierte ihn diese Gestalt, dieses Vieh, dieses Etwas, das er nicht mal kannte, das die Unverschämtheit besaß, sich einfach auf seinen Ast zu setzen?

»Was siehst du denn da, was so interessant ist? Du sitzt auf meinem Lieblingsast, ist dir das bewusst? Du nimmst mir Platz weg! Eigentlich mache ich hier meine Morgengymnastik!«

»Du meinst, du stolzierst eingebildet hin und her, damit das Sonnenlicht auch auf alle deine Federn fällt und jeder dich bewundert!« Die Gestalt wandte ihm jetzt den Kopf zu, und zwei grüne Augen sahen ihn eindringlich, unbewegt und ohne zu zwinkern an.

Das war ihm unangenehm. Er erstarrte, dann plusterte er sich schnell wieder auf und versuchte sein kurzes Erschrecken zu überspielen. »Das ist mein Recht! Das steht mir zu, ich bin hier der, der das Sagen hat! Also, wie kommst du dazu, einfach auf meinem Ast zu sitzen?«

»Ich dachte, ich lade mich bei dir zum Frühstück ein.«

»Was, wie, aber ... ich habe noch gar nicht gefrühstückt. Ich mache erst Morgengym... ich meine, erst wenn alle mich begrüßt und mir ihren Obolus gebracht haben, dann frühstücke ich. Aber deine Anwesenheit bringt alles durcheinander!« Empört starrte er die Gestalt an, konnte aber dem Blick aus den ruhigen grünen Augen nicht lange standhalten und begann, nervös auf dem kleinen Teil des Astes hin und her zu stolzieren, der ihm zur Verfügung stand. Unverschämter Eindringling! Ihn so zu indisponieren! Als er wieder in Richtung der Gestalt stolzierte, bemerkte er, dass sie ihn erneut ignorierte. Das ärgerte ihn. Schon hatte er vergessen, wie unangenehm ihm der direkte Blick gewesen war.

»Was beobachtest du denn da, das so viel interessanter ist als ich?«, fragte er aufgebracht. Und wünschte sich, er hätte nichts gesagt, als sich der grün-konzentrierte Blick wieder auf ihn richtete.

»Ich überlege, was ich frühstücken beziehungsweise wie ich drankommen soll, doch wie du so richtig anmerkst, bist du mir am nächsten.«

Der Paradiesvogel hatte keine Zeit mehr, darüber nachzudenken, was für einen Fehler er gemacht hatte oder wie er ihn hätte vermeiden können. Die Katze war mit einem Satz auf ihm gelandet, und er merkte gar nicht mehr, wie viele seiner schönen bunten Federn schon bei diesem ersten Angriff davonflatterten und ihn seinem Schicksal überließen. Die Katze hatte ihm schon die Kehle durchgebissen.

Eine Weile später spuckte die Katze die letzte Feder aus und putzte sich sittsam die Schnauze.

»Der eingebildete Kerl war so zäh, wie seine Unterhaltung einfallslos war«, fauchte sie sich selbst zu. »Ich hätte doch auf das Hühnchen da drüben warten sollen.« Sie machte es sich mitten auf dem Lieblingsast des doofen Paradiesvogels bequem und richtete dann den Blick wieder auf das Dickicht, in dem das Hühnchen noch seinen Morgenschlaf hielt.

Die Frau des Paradiesvogels kuschelte sich im Geäst über der Katze tiefer auf ihre Eier und versuchte, nicht zu atmen.

LEO-NA Selbst

Es wusste nicht, dass es etwas war. Es stand irgendwo, mal eingehüllt von Wärme, dann betrommelt von Feuchtigkeit, dann trocken in Kühle. Hin und wieder saß jemand in ihm, und dann bewegte es sich – wurde bewegt. Farben und Geräusche rauschten vorbei. Geräusche auch in ihm, doch sie blieben ungenau, unverstanden. Es war. Sonst nichts.

Dann wurde vorne und hinten etwas anderes angebracht, es wurde geputzt, untersucht und schließlich stand es an einem anderen Ort.

In der Bewegung dorthin hatte das, was es bewegte, Laute von sich gegeben – unverständlich.

Es stand eine Weile an diesem anderen Ort. Wurde wieder kurz bewegt, besprochen, stand, wurde bewegt – und immer sprach das, was es bewegte.

»LEO-NA ...«, hörte es. Und später wieder: »LEO-NA.«

Was war das – ein LEO-NA?

Dann wurde es wieder bewegt, doch die Bewegung hörte nicht schnell auf. Es bewegte sich schneller und schneller. Schneller als es je gewusst hatte, sich bewegen zu können. Gewusst ... was war das?

»Wir zwei bekommen das schon hin, LEO-NA!«, hörte es.

Und dann die Erkenntnis: LEO-NA, das war es selbst. Das, was es bewegte, sprach mit ihm und nannte es LEO-NA. Etwas knisterte durch es hindurch, ein Kitzeln, ein

Funkeln. Es war ein LEO-NA. Und dann begannen die Fragen: Was war ein LEO-NA? Warum war es ein LEO-NA? Wenn es ein LEO-NA war, was war das, was es bewegte? Bewegte es? Wurde es bewegt?

LEO-NA versuchte, auch das, was sich um es bewegte, zu begreifen. Grau unter sich, Grün, dann Grau, dann Hell neben sich. Grau, dann Blau, dann hellwarm über sich. Anderes bewegte sich um es herum. Manches ließ es hinter sich zurück, anderes war schneller als es selbst. Selbst? LEO-NA selbst.

»Wow, das ist richtig gut gelaufen, LEO-NA. Das machst du richtig gut!«, sagte das, was in ihm gewesen war und jetzt sich wieder von ihm trennte. Ein Klopfen auf das Oben. Dann war es still und es – LEO-NA Selbst – stand anderswo. Ganz grün war es auf der einen Seite von LEO-NA Selbst und dunkelgrau unter LEO-NA Selbst, und da war eine große, helle Form inmitten von viel Grün auf der anderen Seite, wo das Dunkelgrau unter und neben LEO-NA Selbst endete. LEO-NA Selbst stand inmitten dieser Farben und Formen. LEO-NA Selbst pochte noch von der langen, im Wechsel schnellen und langsamen Bewegung, die so viel länger angehalten hatte als alle davor. LEO-NA Selbst lauschte, sah, spürte, kühlte ab, war einfach, fiel in Schlaf …

Etwas tappte auf LEO-NA Selbst herum und verhielt dann. Es wurde warm an der Stelle auf dem Dach, und ein schnurrender Laut vibrierte. LEO-NA Selbst spürte weich ohne zu wissen, was das war.

Es war noch dunkel, abgesehen von den Lichtern auf Pfählen. Dann hörte LEO-NA Selbst Töne, erst einzelne, dann vermischte, dann viele, die sich überschnitten und miteinander zu konkurrieren schienen. Das Schnurren verstummte und wich atemloser, stiller Gespanntheit. Dann drückte etwas auf LEO-NA Selbst, und das Weiche, Warme war weg. Ein schriller Ton, Flattern, Fauchen, dann nur noch Stille. Dann setzten die Töne wieder ein.

»Guten Morgen, LEO-NA«, sagte die Stimme, die in ihr gewesen war und jetzt von außen kam. »Hast du dich gut ausgeruht nach der ersten langen Fahrt?«

Fahrt, Fahrt, Fahrt – ah! LEO-NA Selbst verstand: Das war die lange und kurze Bewegung. Das, was sie ... sie? Wieso sie? LEO-NA Selbst dachte nach, warum sie sich sie nannte und was das wohl war. Als sie aus dem Gedanken erwachte, ohne zu einem Ergebnis gekommen zu sein, stand sie an einer anderen Stelle und war wieder allein. Aber nicht lange. Ständig liefen hier solche vorbei, wie das, was sie bewegte. Manche sprachen – allein oder mit anderen. Und LEO-NA Selbst lauschte, beobachtete und lernte. Und jeden Tag wurde sie hin und her bewegt. Stand nachts dort, tagsüber hier, bis wieder eine lange Fahrt kam.

Diesmal lauschte sie allen Worten, die das – die Person, ein Mensch war das, hatte sie begriffen –, was sie bewegte, so sprach. LEO-NA Selbst verstand. Die Mensch – es gab drei Arten: männlich, weiblich und klein –, die sie bewegte, wurde gleichzeitig von LEO-NA Selbst bewegt. Sie waren eins, wenn sie sich bewegten. Eine ... ja, eine Gemeinschaft, das hatte sie gehört und verstand jetzt, was es war.

Irgendwann verstand sie noch etwas: LEO-NA war das, was vorne und hinten an ihr hing. Es benannte sie, und weil es ein weiblicher Name war, war sie eine sie. Oder ... war das der Name, weil sie schon immer eine sie gewesen war? LEO-NA – das Selbst ließ sie jetzt weg, da sie ihren Namen begriffen hatte – versank wieder in Nachdenken. Manchmal führte das dazu, dass sie vergaß, auf das zu reagieren, was ihre Fahrerin – ja, das war auch ein neues Verständnis – von ihr wollte. Aber sie wurde immer besser im Denken und Fahren.

Sie war LEO-NA – sie selbst.

Lichtspiel

Sie lief durch die Stadt. Das regnerisch-kalte Wetter lockte niemanden hinaus, und so lagen die glänzend dunklen Straßen einsam vor ihr. Sie hatte kein Ziel. Ein weiteres Jahr ging seinem Ende entgegen, und sie hatte es einfach in der Wohnung nicht mehr ausgehalten. Vielleicht würde die äußere Bewegung ja auch ihre Gedanken, ihre Wünsche und vor allem ihre Entscheidungsfreude in Bewegung versetzen.

Sie grinste über sich selbst. Jede Ausrede war recht, um der zuhause drohenden Hausarbeit zu entkommen. Obwohl – mitten in der Nacht hätte sie ja sowieso nichts getan.

Etwas blitzte vorne an der Ecke. Sie hatte es nur kurz aus dem Augenwinkel wahrgenommen. Sie blieb stehen und sah genau hin. Nichts. Eine dunkle Ecke, sonst nichts. Ob da einer auf sie lauerte? Bei dem Wetter? Sie wandte den Kopf nach links und sah nur seitlich aus dem Augenwinkel nach rechts zu der Ecke. Da war es wieder. Zu niedrig für einen Menschen, es sei denn, er stünde gebückt da, oder es war ein kleiner Mensch. Oder war es ein Messer, das das Licht der Straßenlampe spiegelte?

Quatsch! Entschlossen nahm sie ihren forschen Gang wieder auf, bis sie bei an der Stelle angelangt war. Sie hielt davor an, dann trat sie bedacht einen weiteren Schritt vor und sah um die Ecke. Dunkelheit mit grauen Schatten, eine ganz normale Straße mit Mülleimern, die die Wand entlang aufgereiht waren.

»Hallo?«, flüsterte sie krächzend, dann entkam ihr ein prustendes Lachen. Das war so typisch für B-Movies: Die

Heldin, die etwas Verdächtiges hörte oder sah und dann dämlich ihren Standort durch ihr Hallo-Gerufe preisgab. Sie kicherte.

Und da war es wieder, doch diesmal leuchtete es direkt vor ihr zwischen zwei Mülltonnen hervor: Es war ein Hund, ein großer, zotteliger Hund mit grau-hellem Fell, der ihr locker bis zur Hüfte reichte. Er leuchtete. Er verströmte einen warmen, hellen Schein um sich. Seine Augen waren sehr dunkel in diesem Licht und sahen sie ängstlich an. Oder war es hoffnungsvoll?

Sprachlos stand sie einfach da, dann ging sie einen Schritt vor und streckte die Hand leicht nach vorn. »Na komm, ich tu dir nichts«, sagte sie leise und lächelte. Vermutlich hatte sie Halluzinationen. Was hatte sie am Abend gegessen?

Ein Winseln drang aus dem Licht, das der Hund war, und auch er machte einen Schritt auf sie zu. Kurz bevor seine Nase ihre Hand berührte, durchzuckte sie die Frage, ob das Licht gefährlich sein könnte. Elektrizität, Strahlung, es gab so ekelhafte Sachen auf der Welt, die auf den ersten Blick schön und anziehend wirkten. Dann fühlte sie seine Schnauze an ihrer Hand, und Hitze sprang über. Der Hund leckte kurz an ihren Fingerspitzen, und das Gefühl der Wärme drang in sie ein, wanderte durch ihre Hand den Arm hinauf. Sie zog die Hand zurück und betrachtete sie. Ihre Fingerspitzen glühten in einem hellen, warmen Lichtschimmer. Ihre Augen weiteten sich, und sie starrte den Hund an, dann hockte sie sich vor ihm nieder, und sie sahen sich in die Augen. »Was bist du?«, fragte sie den Lichthund, und sein Schwanz begann zaghaft zu wedeln, wobei das Licht leicht zeitverzögert nachwedelte. Sie musste wieder kichern. Der Hund ging auf die Vorderpfoten nieder, sodass sein Hinterteil in die Luft ragte, und der Schwanz, das ganze Hinterteil wedelte auffordernd.

»Okay, MacDuff, lead on!«, sagte sie und stand auf.

Der Hund sprang hoch, drehte sich um und lief tiefer in die dunkle Seitenstraße hinein. Nach wenigen Metern hielt er inne und sah sich nach ihr um.

Sie hatte wieder ihre Hand betrachtet. Das Licht umspielte sie jetzt schon bis zum Handgelenk, aber weiter wanderte es nicht. Sie sah auf, zuckte mit den Schultern und ging los. Der Hund lief ihr mit geschmeidig wiegenden Schritten voraus. Sein Leuchten ließ jetzt nicht mehr nach, verschwand nicht mehr. Die Straße schien in einer Mauer zu enden, und der Hund blieb davor stehen und sah sich wieder nach ihr um. Sie stellte sich neben ihn und blickte die dunkle Mauer an. Im Lichtschimmer des Hundes waren Teile eines Graffitis zu erkennen. Der Hund schob seine linke Schulter unter ihre rechte Hand. Instinktiv vergrub sie ihre Finger in seinem Fell und kraulte. Er drängte sich halb vor sie, sodass sie die linke Hand auf seinen Kopf legen konnte. Das Licht wanderte von ihm zu ihr, bis es sie beide komplett umgab. Dann ging der Hund durch die Mauer, und unwillkürlich, die Hände noch nach seinem Fell ausgestreckt, folgte sie ihm. Durch den Stein hindurch!

Dahinter war alles ein Meer aus sich bewegenden, von Licht umhüllten Gestalten und den Schatten, die sie in die Umgebung warfen.

»Ah, du hast endlich jemanden überzeugen können«, drang eine Stimme von links an ihr Ohr, dann trat ein Mann in ihr Blickfeld, der von einem leuchtenden Leoparden begleitet wurde. Der fauchte den Hund an und richtete seinen Blick dann aggressiv auf sie.

»Die Spiele fangen gleich an. Hast du noch eine Frage?«, wandte der Mann sich an sie.

Sie starrte ihn an. Eine? Sie hatte hundert Fragen, wo beginnen?

Regenbogenfarben begannen über den versammelten Gestalten zu tanzen.

»Zu spät – die Lichtspiele beginnen«, sagte der Mann und verschwand in der Menge. Der Leopard fauchte sie noch einmal an, bevor er ihm folgte.

»Wo hast du mich denn da reingeritten, MacDuff?«, krächzte sie heraus und sah zu dem Hund hinab. Sein Maul hechelte, und die Zunge, die im Licht seltsam graurot leuchtete, hing heraus. Er leckte kurz an ihren Fingerspitzen, stupste sie an und ging dann davon, offensichtlich in der Erwartung, dass sie ihm folgen würde. Das tat sie auch. Was blieb ihr schon übrig. Sie hoffte, sie würde schnell herausfinden, wie die Spielregeln waren.

Bruchbude mit Schrank

So hatte sie sich das nicht vorgestellt!

Der Mann neben ihr schilderte ihr irgendwelche Vorzüge dieser Wohnung, die sie gerade besichtigte, doch seine Worte rauschten an ihr vorbei. All ihre Träume und Illusionen machten sich gerade durch das zugige Fenster gegenüber davon. Die Erkenntnis, dass sie keine Wahl haben würde, tat weh. Plötzlich wurde ihr die Stille bewusst, und sie sah sich zu dem Immobilienmakler um, der sie erwartungsvoll musterte.

»Entschuldigen Sie«, sagte sie. »Was haben Sie gesagt?«

»Ich habe gesagt, die Wohnung ist optimal für eine Einzelperson, vor allem auch mit all den Einkaufsmöglichkeiten, die so nah liegen, und dem Grün fast direkt vor der Haustür.« Er lächelte sie schmierig an.

Helene schloss die Augen und schluckte alle boshaften Bemerkungen hinunter, die sich Bahn brechen wollten. Sie hatte keine Wahl. All die anderen knuffigen, modernen bis gemütlich altmodischen Wohnungen, die sie bisher angesehen hatte, waren unerschwinglich für sie. Es konnte nur noch schlimmer kommen als dies hier.

»Ich nehme die Bruch…, ähm, ich nehme die Wohnung«, sagte sie und sah aus dem zugigen Fenster mit seinem schwarzbraunen Rahmen, dessen Farbe im Begriff war, demnächst abzublättern.

»Wunderbar! Ich habe die notwendigen Dokumente dabei, muss sie nur noch aus dem Auto holen. Sehen Sie sich doch einfach noch etwas um. Ich bin im Nullkommanix wieder da!« Mit diesen Worten verschwand er durch die graubraune Eingangstür, die mit ächzendem Quietschen hinter ihm ins Schloss fiel – aber sofort wieder leicht aufklappte.

Na großartig, dachte Helene. Das Schloss würde sie reparieren lassen müssen. Sie trat ans Fenster und versuchte die aufsteigenden Tränen zurückzuhalten. Das gepriesene Grün vor dem Haus war ein Hügel voll Unkraut und dem einen oder anderen mageren Busch. Ärgerlich strich sie die Tränen von den Wangen und lief noch einmal durch die winzige Wohnung. Es war wirklich eine Bruchbude. Aber mehr konnte sie sich mit dem Geld, das sie bei der Zeitarbeitsfirma verdiente, nicht leisten. Die Wohnung hatte zwei Zimmer, eine winzige Küche und ein noch kleineres Bad. In einem der Zimmer stand ein Schrank. Ob der vom Vorbesitzer vergessen worden war? Er sah erstaunlich stabil aus, dafür, dass er in so einer Bruchbude stand. Sie trat nahe an ihn heran. Kein Schlüssel.

»Ach ja, der Schrank gehört zur Wohnung«, sagte der Makler hinter ihr.

Helene fuhr zusammen.

»'tschuldigung, dachte, Sie hätten mich gehört.«

»Er hat keinen Schlüssel«, sagte Helene.

»Den bekommen Sie bei der Übergabe aller Schlüssel zur Wohnung.«

Zwei Wochen später war Helene eingezogen. Sie hatte die Wohnung gereinigt, so gut es ging, und den Fensterrahmen und Türen einen hellen Anstrich verpasst. Die Farbe hatte sie von ihrer Schwägerin bekommen, die diese von ihrer letzten Renovierung übrighatte. Die herablassende Großzügigkeit wurmte Helene, aber sie hatte auch da keine Wahl, wenn sie freundliche Helligkeit haben wollte. Die alte Küche war schwer sauber zu bekommen, aber das Bad war okay, wenn auch in düsterem Dunkelblau gehalten.

Sie hatte ihr Bett, einen Tisch und zwei Stühle und diversen Kleinkram aus der alten Wohnung mitgebracht. Alle anderen Möbel und wertvolleren Kleingegenstände hatte sie verkauft, um wenigstens etwas Geld für den Umzug zu haben. Alle Kisten – es waren nicht viele gewesen – waren ausgepackt. Ihre Klamotten hingen auf einem offenen Kleiderständer, denn der Schlüssel zum Schrank war bei der Übergabe nicht auffindbar gewesen. Aufbrechen wollte sie ihn nicht.

An diesem Tag hatte der Makler ihr den Schlüssel endlich vorbeigebracht. Helene saß auf ihrem Bett und drehte das verschnörkelte, unhandliche und sehr altmodische Teil in den Händen hin und her. Sie würde erst eine Suppe essen, dann die Kleider umräumen. Vermutlich musste sie den Schrank sowieso erst noch reinigen, bevor sie die Sachen einräumen konnte, und dann musste er vorher noch austrocknen.

Eine halbe Stunde später drehte sie den Schlüssel im Schrankschloss, das sich erstaunlicherweise geräuschlos und ohne Verkanten öffnen ließ. Der Duft frischer Wiesen und feuchten Erdbodens wehte ihr entgegen, Vögel zwitscherten, und wie von Weitem hörte sie Kinderlachen. Helene sah sich um, aber das einzige Fenster im Schlafzimmer war geschlossen.

Im Schrank war es stockdunkel. Ihre Finger suchten nach der inneren Verriegelung der linken Schranktür, fanden sie, und Helene öffnete den Schrank ganz. Er war leer. Das Licht der Dämmerung ließ nicht einmal die hintere Wand erkennen.

Helene steckte den Kopf hinein und schnupperte: Es roch wirklich nach Wiese und Erde. Das Lachen war verstummt. Sie tastete nach der hinteren Wand, aber da war nichts. Sie runzelte die Stirn. Das gab es doch nicht! So tief war der Schrank auch wieder nicht. Vorsichtig stieg sie erst mit dem linken, dann mit dem rechten Fuß in den Schrank, immer mit den Händen voraustastend.

»Na endlich!«, hörte sie eine lachende Stimme, eine Hand fasste ihre Rechte und zog sie ins Dunkel hinein, hinter ihr fielen die Schranktüren zu, während sie auf eine kleine Waldlichtung trat, auf der ein paar Kinder, zwei Pferde und der alte Mann standen, der sie fest an der Hand hielt.

»Willkommen in Narnia«, sagte er.

Der Geschichtenerzähler

»Was wirst du mir heute erzählen?«

Das neunjährige Mädchen saß an den Eichenstamm gelehnt und blickte hinauf in die Baumkrone. Es war versucht, aufzustehen und hinter den dicken Stamm zu »lugen«, um endlich die Person zu sehen, die ihr immer Geschichten erzählte, sich aber stets hinter dem Baumstamm verbarg.

Es blieb still, nur der laue Frühlingswind raschelte verspielt mit den alten Blättern aus dem letzten Jahr, die sich stur festhielten. Noch hatte sie kein Frühlingssturm vom Baum gejagt.

»Bist du heute nicht da?«, flüsterte das Mädchen und schob nun doch den Kopf nach links und versuchte, ohne aufzustehen um den Stamm herumzublinzeln.

»Na, na, das ist so nicht vereinbart!«, erklang die sonore Stimme, die ihr inzwischen so vertraut war.

Sie zog den Kopf zurück und kicherte.

»Ich dachte, wir kennen uns jetzt schon eine Weile. Ich habe dir viele Geschichten erzählt. Möchtest nicht du mal mir zur Abwechslung eine erzählen?«

»Ich?« Das Mädchen schüttelte abwehrend den Kopf. »Ich kann das doch nicht. Der Lehrer sagt immer, aus mir wird nie was Gelehrtes, und ein Glück, dass ich sowieso heiraten werde und deswegen nicht so klug denken können muss.«

Ein Prusten – empört und amüsiert zugleich – drang hinter dem Stamm hervor und vibrierte durch den schmalen Mädchenkörper, der sich vertraut an den Stamm kuschelte. »So ein Blödsinn!«, sagte die Stimme. »Erzähl mir einfach, was dir einfällt. Ich höre dir zu. Denn genauso, wie ich es liebe, aus meinen Erfahrungen und von meinem Wissen zu erzählen, liebe ich es auch, zuzuhören.«

»Echt?« Langgezogen und unsicher klang dieses Wort, aber nach einer Pause fing das Mädchen an: »Im Haus auf dem Hügel, in dem keiner mehr wohnt und das keine Türen mehr hat, da habe ich letzthin einen seltsamen Vogel gesehen. So einen kenne ich nicht. Ich weiß auch jetzt noch nicht, was es für einer ist. Es war schon spät, es wurde noch früh dunkel, und ich hätte schon längst daheim sein sollen. Aber die Note in Deutsch war so schlecht. Ich hatte Angst, sie zuhause zu zeigen. Also nahm ich den langen Weg heim an dem Haus vorbei, denn ich überlege gern, wer wohl darin gewohnt hat und warum es jetzt so verlassen und verfallen ist. Ich schlich nahe an die Vordertür, traute mich aber nicht rein, weil es innen so dunkel war. Und dann leuchteten auf einmal zwei riesige gelbe Augen von schräg oben. Ich presste meinen Rücken an die Hauswand neben der Tür, so erschrocken war ich. Ein seltsames Geräusch wie ein Krächzen oder Keuchen war zu hören, dann flog dieser Vogel heraus. Nichts war zu hören. Die anderen Vögel, wenn sie an mir vorbeifliegen, da höre ich das Flattern, wie sie sich durch die Luft bewegen. Doch der flog ohne Geräusch. Er setzte sich auf die hohe Fichte nicht weit vom Haus und rief wieder mit seiner komischen Stimme. Dann sah ich die Augen wieder glänzen. Ich wagte nicht, mich zu bewegen. Ich hatte solche Angst, er würde mich angreifen. Nach einer Weile flog er davon, weiter weg aufs Feld hinaus, und ich lief heim, so schnell ich konnte, immer voller Angst, er könnte mich angreifen, ohne dass ich es hören würde. Zuhause gab es natürlich Schimpfe, weil ich so spät war, weil ich eine schlechte Note hatte und weil ich log. Denn sie glaubten mir die Geschichte nicht.« Das Mädchen verstummte. Sie fröstelte beim Gedanken an den Vogel, und dann schien der Baumstamm sich an sie zu schmiegen, ihr Halt und Geborgenheit zu schenken.

»Das war eine aufregende Geschichte. Danke, dass du sie mit mir geteilt hast«, sagte die Stimme des Geschichtenerzählers. »Du musst keine Angst vor diesem Vogel haben. Es war wohl eine Eule oder vielleicht sogar ein Uhu. Sie sind gute Jäger, die nachts noch besser sehen, als du am Tag. Ihr Ruf gilt als schlechtes Omen, aber es sind faszinierende Vögel. Und du hast sehr gut beobachtet, wie leise sie fliegen. So können sie ihre Beute – das sind Mäuse und anderes Kleingetier – überraschen.«

Das Mädchen seufzte zufrieden. Der Geschichtenerzähler wusste so viel und teilte dies großzügig mit ihr. »Warum darf ich dich nicht sehen?«, fragte sie. »Ich würde so gern wissen, wie du aussiehst.«

Stille breitete sich aus, selbst die Vögel im Baum über ihr waren verstummt. Dann ging ein Säuseln durch die Äste und Blätter der Eiche. »Versprichst du, mich nie zu verraten, mein Geheimnis und unseren Austausch immer zu bewahren?«

Das Mädchen spürte die Ernsthaftigkeit, die Wichtigkeit, die unter diesen Worten lag, aber auch ... die Angst? Hatte der Geschichtenerzähler Angst? Sie stand auf, wandte sich dem Stamm zu und faltete die Hände vor ihrem Bauch. »Ich verspreche es!«, erklärte sie feierlich.

Stille sank wieder herab, dann sagte die Stimme: »Ich bin die Eiche, an der du gelehnt hast. Es ist kein Mensch hier außer dir. Selten gibt es Menschen, die meine Stimme hören und gar verstehen können, was ich erzähle. Du bist seit langer Zeit die Erste.«

Nachwort und Dank

Kein Leben und keine Geschichte kann entstehen ohne andere Menschen. All meine Erfahrungen mit meiner Familie, Freunden, Bekannten, Arbeitskolleginnen und nicht zuletzt mit meinen Schreib-Mentoren haben ebenso zum Entstehen dieser Geschichten in mir beigetragen wie meine Begeisterung für Lesen, Kino und Theater. Und ja, auch Fernsehen. Wir nehmen im Laufe unseres Lebens so vieles auf, manches bewusst und viel mehr unbewusst. Alles verquirlt sich in uns und kommt in Träumen oder in Geschichten in neuer Form wieder hervor.

Schreiben ist mein Ausgleich zur harten Realität in Beruf und Alltag. Es schenkt mir die Balance, die ich brauche, um ich selbst zu sein.

Danke Euch allen, die Ihr dazu beitragt, dass diese Seite von mir Raum und Anerkennung findet.

Andrea Neidhardt

Buch und Autorin

*Gemälde, die zum Leben erwachen, eine Harfe,
die einen Drachen aus seinem Ei lockt, ein
einzelner Socken, der in einer Selbsthilfegruppe
landet, ein Stein, der von alten Zeiten erzählt,
eine Beobachterin aus dem All, die vom
Schicksal der Erdenwale berührt wird ...
Die Geschichten beinhalten Märchenhaftes,
Fantastisches und auch (fast) Alltägliches.
Ein Kaleidoskop fantastischer Erzählungen.*

Andrea Neidhardt arbeitete nach ihrer Prüfung zur Staatlich geprüften Übersetzerin/Dolmetscherin für Englisch als Sachbearbeiterin in verschiedenen kleinen, international tätigen Großhandelsunternehmen, verbrachte ein paar Jahre als Hotelangestellte in Schottland und arbeitet seit einigen Jahren für einen französischen Hersteller rostfreien Edelstahls.

Ihre Liebe zum Lesen hat sie in den letzten Jahren mit ihrer Leidenschaft für das kreative Schreiben verbunden; ihren spielerischen Umgang damit vermittelt sie auch in einem Volkshochschulkurs.

Inge Horn:
Weitere Informationen zur Malerin und ihren Gemälden
finden Sie unter:
www.reiseberichte-horn.de